DES BLICKES TAGNACHT

Uwe Dick

Residenz Verlag

Des Blickes Tagnacht

Gedichte 1969–2001

Mit einem Essay von Gerald Stieg

www.residenzverlag.at

Typographie und Satz: ASKU-PRESSE, Bad Nauheim
Druck und Bindung: Wiener Verlag, Himberg
Printed in Austria
ISBN 3-7017-1281-6

Das niemals vertagte Leben

13 Widmungen

Landschaft

Rezitativ aus dem 2. Streichquartett
von Dimitri Schostakowitsch

Die Möwe fliegt nicht mehr   Jedoch ihr Schrei
ist unterwegs: Das Fischsignal
zerreißt die Wolkenfahnen   gellt im Wellental
(zerschnitte wohl Sardinenbüchsen auch)
und weckt den Kapitän a. D.
der fährt mit neunzig noch zur See:
im Altersheim von St. Eliasberg   Jetzt liegt er
wach in seines Bettes Kahn und horcht: Es trommeln
Regenfinger auf das Dach: »Mir wars als hörte ich
den Kormoran …« Der Kapitän nimmt Kurs
auf seinen großen Zeh   schläft wieder ein:
Seevögel schrein und die Maschinen stampfen
Bald wird der Kapitän mit seinem weißen Schiff
ins Jenseits dampfen

Die Möwe fliegt nicht mehr   Der Leuchtturm
liegt gefällt   Kein Schiff am Horizont   kein
Wandrer an der Küste   Doch Pappeln: schwarze
Schwerter himmelwärts gestellt und Gräber: Tote
die man auf die hohe Kante legte   Zuweilen
kippen Kreuze von der Klippe und heute oder
morgen wirds ein Engel sein

Die Möwe fliegt nicht mehr   Aus einem
Riß des Himmels schlug sie auf den Strand
Das Meer wälzt Muscheln Tang und Sand
und Kot und grünes Flaschenglas und
gräbt die Möwe ein
Hoch auf dem Kreidefelsen ragt
ein Engel   den man dereinst aus Marmor schlug
und dessen Palmzweig oft die weiße Möwe trug
und manches Mal auch einen schwarzen Raben

Der Engel neigt sich
zittert überm Abgrund:
das Meer berennt sein Fundament
das Meer: der große grüne Gott
der seine eignen Kinder frißt
der rülpsende Herr Zebaot
aus dessen Bauch
der Mensch an Land gekrochen ist

Das Meer spuckt Leichen aus
und sammelt Leichen ein
und dreht und wendet sie:
das Meer hat Zeit

Christus
der Fisch
treibt – mit dem Bauch nach oben –
schon eine Ewigkeit

Herzynische Sekunde

Den Granitfreunden
Stephanie Hurst
und
Günter Grundmann

I

Altäre aus Schlafstein.
Droben grüner Orgelton,
drunten wühlen schwarze Bässe.
Höckerweiber, Buckelgnomen,
todgeweiht im Sternenmoos.

Selten sickert Himmel
in die Säulenstille.
Zaghaft Meisenlaut.

Nebelengel, lichtbegierig,
wallen empor
und fallen,
rhythmisch zerfetzt,
von der Felsenfuge.

2

Windbruch.
Die Sonne schürt Ebereschenglut,
kocht Gift auf,
Julisud.

Im Astgerippe
ruht der Schlangenblitz.
Nur auf der Fliegenwolke
lastet der Äther nicht.

Träumende Zeit
unter Farnsegeln,
treib ich im Blockmeer.

Kleegeigenlandler

Für Josef Schönecker, Taufkirchen an der Pram

Einen sah ich,
der schritt übers Feld
und spielte
die Kleegeige.

Da stieg die Lerche auf
und sang ins Siegesblau,
und Schwalben schrieben
in die Luft, was Leben sei.

Drunten
sagte einer
von den jungen modernen
Lehrern, die alten Zeiten
seien unwiederbringlich
hinüber.

Der pensionierte
»Herr Direktor«,
mit uns auf dem Dachboden
des Schulhauses,
legte liebevoll
die Kleegeige schlafen.

Aus seinem Gesicht lachte
eine Klasse Lausbuben.

Canis litteratus

Manchmal, werte Bücherkunden,
wünsche ich, Ihr kämt allesamt
auf den Hund!

Auf meinen Bruder im Fell,
den bernsteinäugigen
Nasenkönig Arco,
Kiefersfelden, Pendlinger Straße 8.

Bald eine Ode für den Menschenfreund,
heut' nur so viel: Er
war noch nie ein Spielverderber.
Auch nach dem hundertsten
salto vitale,
Steilhang hinab ins Harschfeld,
fetzt er heran, dem nächsten Wurf
zu lauern: geduckt,
zum Wolfssprung bereit
– grün glost sein Blick, Dampf
aus den Ohren –
gebannt, durch nichts abzulenken,
sekunden-, minutenlang, bis
mir der Arm lahmt und
ich den Schneeball … Klapp,
hat ihn schon.

Und werf ich ihm zwei, drei
Bälle zugleich, schnellt er empor,
sich den höchsten,
schwierigsten zu schnappen.
Euch aber, Ihr sogenannten Leser,
hör ich oft stöhnen
vor einem einzigen ungewohnten Satz!

Drei Freunde tot

Theo Rossmann
Traute Schepp
Manfred Weise

Drei Freunde tot.
In den wenigen Tagen,
als der Winter 1976/77
das Bleichtuch wechselte.

Nun schaudere ich
im weißen Wald
unterm Mondscheingebirge,
höre, so scharf,
wie seit Jahren nicht:

Stille
keimt
aus
Gräbern.

Noch nie so gewaltsam,
wie heute,
fühlte ich mein Herz
schlagen
gegen das Brustgitter.

Noch nie
so verzweifelt-begierig,
wie heute,
suchte ich
den Blick eines Sterns.

Du,
mit mir
auf dem Grunde des Nachtmeers,
schau mich an!

Gedicht, das abhebt mit einem Reiher

Lyrisch-prosaische Morgenkantate vom Dach der Welt herab,
welche attacca umschlägt
in eine Uferpredigt an Vermehrungsbürger und
Naturverräter, solchermaßen ein verstörter Gesang aus
der Großen Wende, dem erst ein Brudervogel Flügel verleiht

Auch

Variationen über das Thema: »Red nicht, sei!« – mit Sätzen
von Wolfgang Amadeus Mozart, Elias Canetti, Karl Kraus
und Jordan von Wasserburg

Grünfontänen aus der Sandwand springen.
Schwalbenküsse.
»Ich sitze da wie ein Prinz«, Pflaumengold
im Glase, kristallichte Kühle, feuerverheißend.
Zwar Wintertrübnis wälzt der Strom,
doch fliegen Bienen ein im Oleanderwald,
Käfer wecken den Taublitz.
Demiurgenfrühstück auf dem Dach der Welt:
Türkisch Mokka, Brot und Speck. Auch
die Zigarre liegt bereit. Womit erklärt
Band siebzehn meiner ungeschriebnen Werke:
Das niemals vertagte Leben.

Ja, klatsch nur das Blaue vom Himmel herab,
gekröntes Vieh, blabberdiklabber, mit Klaue
und Schweif. Lappenheraldik.
»Fahnen sind sichtbar gemachter Wind.«

Düüüt! von der Roten Brücke.
Im Torturm gefangen ein Monster grollt,
zischt, seufzt tonnenschwer. DÜÜÜÜÜÜT!!!
Wer wüddn, wer wüüüüüüüddnnn gleich wütend
werden, ihr Herren im Blech – quer zum Strom?!
»PS – und keine Seelenstärke.«
Nur weil im Tor der Fortschritt steckt?
Der Menschheit ganzer Jammer düüüt mich an.

Ach, blendendes Blau, locke mich nicht!
Bin mir genug All – heut.
Stadtschreiber, Spatzenpflegschaftsrath,
Wolkensachverständiger, Professor für
Elementargeistersprache, auch Nachtwachenmeister
dahier; was sollt ich im Himmel?
... und Erde werden vergehen.
»Ein Wasserburg ist dise gantze Welt.«
Die Sonn keen Stund zeigt an
wo ma nit sterben kann.
Wie werd ich meinen Tod bestehen?
Und wie vor mir?

In die Pfeiler rauscht der Strom, drängt
in Strudeln fort.
… fließen von rechts zur Donau hin.
Gewiß, Herr Oberlehrer. Aber
warum so geduckt vorm Direktor?
Schule fürs Leben? Schule der freien Sinne?
»Das Herz muß auf weit hin schlagen.«
Doch der Alte, Käppi und HabediÄhre,
bekämpft den Frühling mit Herbiziden.
Und der liebe Bub drunt im Gärtchen
ist ein Tierquäler.

Was benagst du mich mit Blicken, Weib,
getarnt im Geranienkraut?
Ein Wasserburg ist dise gantze Welt.
Grundlos im Strom die Blumen lächeln.

Saß ich nicht wie ein Prinz?
Dohlenspott.
Wohin sind die Schwalben?
Im Wildwald das Auge geistert.
Kein Halt am Prallhang.

Da, ein Reiher! Ja, fliegen, wie er!
Nicht eilfertig, entengleich,
nicht angestrengt, wie die Schwäne,
sondern beschaulich über der Stadt;
zwei drei Flügelwischer, irgendwelchen
aerodynamischen Gesetzen zur Genüge.

Denn ungewiß sind die steinernen Truhen,
die Zeilen, vom Wald überkragt.
Ein Wahrtraum wielang
Lauben und Lichtpyramiden, Kirche und
Schloß, Stirn an Stirn, trunknes Getürm
inmitten atmender Farbenberge,
der Fährmann zum Blaufeld,
Schiffsreiterschatten in flüsternder Flut?

Ein Wasserburg ist dise gantze Welt.
Und nur der Reiher
streift die Zeit ab über dem Strom.

»… Zu Wasserburg beim Stern ist man unvergleichlich bedient. Ich sitze da wie ein Prinz.«
W. A. Mozart am 23. 9. 1777 an seinen Vater in Salzburg.

»Fahnen sind sichtbar gemachter Wind.« Der erste Satz von Elias Canetti, der mich beim Blättern und Lesen in Neuerscheinungen *(Masse und Macht)* für den Dichter einnahm. Wann immer ich Fahnen sehe, meldet sich dieser Satz.
Anders ergeht es mir mit der Parole: »Das Herz muß auf weit hin schlagen.« (*Die Provinz des Menschen* / Aufzeichnungen 1942–1972) Wiewohl ich die Forderung zu meiner Maxime ernannte, die mir oft über eigene oder fremde Niedrigkeit hinweghalf, gelingt es mir doch immer noch zu selten, sie zu leben, vergesse ich sie. Aus der kalt-lähmenden Stille, die solchem Erkennen-Müssen manchmal folgt, befreite mich bislang nie ein menschliches Wort, wohl aber Tier und Pflanze.

»PS – und keine Seelenstärke.« Ein Ausruf, den ich vor Jahren notierte, und den ich kürzlich – in anderem Wortlaut – während meines Studiums der *Fackel* bei Karl Kraus wiederfand. Qualverwandtschaft.

»Ein Wasserburg ist dise gantze Welt«, predigte Jordan von Wasserburg anno 1714 »Bey gehaltner Hundert Jaehriger Kirchweyh in der Heiligen Kapellen auf dem Grieß Neben dem Inn Fluß zu Wasserburg.«

Drillichsgesang für M + A + D und für die Edlen von Plawenn

Der Reschenwind mag toben, ich
gehe unversehrt.
Schneerauch oder Hagelschlossen,
Stein und Bein zerspellende Fröste,
Stoßvogelwolken, Meerlungennebel
berühren mich nicht.
Das Wehen und Wabern vom Flusse herauf, pah!
General Winter – ausgetrickst
von Mariana, Alois und Dominikus.

Übers Knie, grimmer Ortler,
gletschermäuliger Riesenlackel,
übers Knie brech' ich deine Lanzen aus Eis.
Für M + A + D
und für die Edlen von Plawenn.
Höher stieg der Adel nicht in Europa
als die Freisassen in den Plawennen.
Und das, um mich zu umgarnen!
Im zorngezackten Horizont,
in Schotterschlünden, Wetterzirbengeripp,
in Karen und Kesseln voll Schlangen
suchten sie das Zauberkraut,
das mich jetzt feit.

Eure Stimmen, traumverloren,
euer vegetatives Dösen im Schutze
des Rammers, euern Sommer überm
Wald von Tuleyda, wo die Nörggelen feixen
im Mausgang, wo die Hexen
Muren lostreten und der Kolkrabe
weissagt im Allvaterblau,
euer Zottelgelock, flauschfaserig,
schwarzbraun und weiß, verspann
Mariana in Planeil.

Kein gewöhnliches Dorf, dies
Winkelwerk zwischen Joch und Joch!
Wetterkreuze für ein ganzes Land.
Zweimal an Wintertagen, so will's
die Spitzige Lun, muß die Sonne
herauf, und zweimal sinkt sie unter.
Hier spann Mariana Grasgesang,
spann Wind und Sterne im klingenden Flug,
Altweiberfäden, Silber vom Punibach
zu festen Stricken, spann auch
Geduld und Dauer in das Gut.

Und dann, bei tauichtem Himmel,
die Wollapfelfracht ins Tal,
die Malser Haide hinab, ins Rebland.
Und durch die Gaulschlucht
nach Oberjaisten. Alois Breitenberger,
so heißt der Mann, der das noch kann:

Zetteln. Tüfteln, daß kein Quer-
oder Längsfaden müßig geht.
Und wenn die Regenschnüre spielen,
Himmel und Erde zu Grau verweben,
mag auch der Schtiadl gittern und
schlagen, mag Strick um Strick
durch's Spannwerk zielen, Kette
und Schuß zum Drillich.

Bei den Geißschellen von Moritzing,
beim Stier von St. Pankraz,
bei der Mooskuh von Lana: da trollen
sie zahnend und fluchend davon, die
Rheumateufel. In die Klamm als
Wolkenwirbel. Ja, werft mit Hennengold
und Katzensilber, doch sucht euch
einen andern! Denn kaum, daß die
Sonne brennt, läuft das Tuch in der Walk.
Loderer, heiß Wasser drauf!
Daß es filzt, das Gewirk.
Mach es dicht, daß der Wind
nicht ein Öhr Durchlaß findt,
daß der Wolf, wenn er beißt,
sich's Maul verreißt!

Soviel Arbeit, so viele Wege, mich
festzumachen im Dreiviertelwalk!
Zwei Bahnen zu neun Metern, siebzehn Kilo,
die dampfen nun im Silberdistellicht
des späten Sommers, trocknen auf dem Zaun.
Dann übern Brenner, Europas schäbige
Grenz, zum Dritten im Bunde,
Dominikus Albrecht, Schneider in Au.
»Drei Hosn,
oane weit, fia dahoam,
zwoa fiaragschniddn, anno dominikus,
mita Fliagatn Nohd.
Und a Westn und a lange Joppm,
daß' koan Mantl nimma braucht.
Maß gnomma, s Fuadda ausgsuacht und Knepf ...«

Meine Herrn, i siehch mi scho
anam Sonntag
umara Hoibee'ife
ins Wiatshaus
aufa Weißbia,
a Wetschina ozindt – – –
und koa Wort gredt.

Und bei da Anprob?
Grod gschnagglt hots. Schlupfdiwupf,
ogsessn. Wia neigwachsn.

Iatz trau di hea, Sibirischa Schreckvogl!
Näbewoif, wo bistn? Wo schleichstn ummanand?!
Do schaug hi: sogar da Boandlkrama
hintam Hauseck
lupft an Huad. So is recht!

Sois de Leit reißn,
vomiaraus schmeißn,
mi juckt dees need.
Kennts ja im Kaufhaus luusn,
unta Synthetik-Blusn,
schaugts nua recht bläd,
ob eich ebbs schtäht
von dene Serienlappm,
de wos elektrisch pappm,
unsaoans gäht
duach Eiswind und Neid
vonam Lodara gfeit.

Medved, einem Freunde

(Brseč 1980)

1

Die Kielspur wandert fort vom Weg des Schiffes
auf einem Meer, das eins ist mit dem Himmel.
Karstweiße Ferne. Nicht auszumachen, ob Gewölk,
ob Stein.
Klippab Terrassen bröckeln.
Wermut walmt
im Atemwechsel mit Kamille und Salbei.

Ein schöner Tod, so zu verlöschen in Arkadien,
Blaustern dem Auge, Ohnhorn und Mäusedorn.
Und vor der Stille meilentief,
das Leuchten nie geschauter Blumen,
das Rhythmenmosaik von Schmetterlingen,
wenn sie der Brummflug eines Käfers,
der Hummel Honigbaß
aus ihrer Blütenandacht schreckt
oder ein Windhauch in den Äther wirbelt.

Ein schöner Tod, fürwahr, wohlüberdacht
im Nußbaumschatten, der Sichel anzuhängen,
die aus dem Disteldickicht steigt, indes Gestein
zerspringt.
Zikaden, hitze-irr. Gesirr. Geflirr.
Geschwirr von   was weiß ich
es sinkt das Lid

2

Gedanken, wie Heupferdchen,
schnellen fort.
In kühnem Satz
dem Firmament entgegen.
Und landen dann doch
bei Blume und Halm.
Wieder und wieder und
dennoch
jedesmal:
welch ein Abenteuer!

Herbstlied

Da kommt, da kommt die Schwalbe
aufs Fensterbrett geflogen.
Doch kann ich mich nicht freun:

Zerrostet klirrn die Wälder.
Der Nord rafft Erlensilber.
Die Dohlenfahne droht.

Die Berge schaffst du nimmer,
so flügelklamm verloren!
Der Himmel knirscht von Eis.

Da fliegt, da fliegt die Schwalbe
stromauf durchs Möwentreiben:
wie leicht, wie leicht wird mir.

Variation eines Themas von Ossip Mandelstam

(Nicht zu schnell · Entschieden)

Ungelenk vor dem Hereinbruch malmender Schritte
– vier schwarze Zehensterne
barmwürdig ins Leere gereckt
beim Purzeln über Steinschrot
und rollsüchtige Hölzer –
strebt der Salamander wie oft vergeblich
unter die Moosbank
das alchimistische Feuer zu bergen
im Wackenlabyrinth

So ist's meist nur eine symbolische Flucht
die er zuweg bringt (eine fuga imitata):
ich schiebe den Kopf ins Lungenkraut
harre unterm Salomonssiegel
das sollte genügen
Andeutungsweise
bin ich jetzt schon einer
der nie gewesen sein wird
mehr zu verlangen wäre plump

Das Wetterleuchten meiner Färbung sei mit euch
nur bitte verschattet nicht meinen Tag!
Lang genug lähmte mich Steinschlaf
Lang genug leistete ich mein Atemwerk unterirdisch
Wo kein Wort gedeiht kein Baum kein Herz
ertrotzte ich Fühlfähigkeit
für den gestundeten Blitz
die Stürme im Nervenbaum
und die Sinfonik oxidierender Erze

Mineralische Beklemmung straft
wer mich mit Blicken peinigt
Der Sinne Tod jedoch
kennt keine Augen vormenschlicher Güte
Handsgemein
wo nicht feig mit einem Stecken stochernd
gegen den Widerschein von Nacht und Flamme
spielt er sich auf als Schicksal
– – – – –
und es ist auch
eines denkenden Salamanders Ende

An seiner Statt ich im finsteren Gelaß
schwarze Blumen zählend
in die Pausen des Untergangs
weil sich die Bilder
dem Drama des kreisenden Blutes versagen
An seiner Statt ich
in die Erde verschmiert eingewohnt unter Grund
für den Preis eines kalten Herzens
doch belebt vom alkalischen NEIN

Denn immer noch ist's vitaler
verlorenzugehen unter Nebelschiffen
als tote Wörter aufzureihen
zum Lob der Herrenrasse
Ihre Gunst ist Dunst   Spott bewahre
daß ich mich gemein mache mit ihr!
»Gefährde dein Leben sinnvoll«
Solch erhöhtes Fleisch und Blut
ist kein Atemfähnchen wert

Salamander Salamander
Du bist nicht zu enträtseln in deiner Augentiefe
Laß mich ein ins Bergwerk der Träume
Wohin kein Windquirl dringt kein Staubdämon
kein Schneelicht der Anemone
in der herabtropfenden Nacht
zuhaupt verworfene Ekstasen
bei Sintersäulen und Ammoniten
will ich sühnen und erinnern Salamander
einen Tag von deinem Augenklar
während die Sprache der Mein-Eidigen
verraucht am Ohr der Doline

Grave

Für A. P.

Der Schatten in deiner Brust übermächtigt
das Wort. Und selbst der Lichtschrei, daß doch
ein Lächeln bliebe, »nur diese eine Lippenblume«,
endet als Rieselspur. »Mittagswille«?
»Geistige Heiterkeit«? »... wie das Rapsfeld
leuchtet im Regengrau«?
Das Speichelknötchen dort am Kantstein aus Granit,
das Wimpernhärlein auf dem Taschentuch,
der Silberwirbelwitz im Spiegelglas, so wichtig
und so nichtig wie der kühnste Satz.

Doch daß es den Schwalben gelang,
die späten Kinder flügge zu füttern,
damit sie den Süden gewönnen und ein Lied
jenseits der Kältegötter,
daß sie es schafften, zwei Tage vor dem
Anwehen, und vergebens belauert vom Krallvogel,
darf uns beherzen, nicht mehr
zu wenn-und-abern, durch Bilderstürze
stumm zu schreiten, Innenauge finsterwärts.
Denn schon ein knarpender Muskel,

ein Denkflüstern, betröge das Nervenohr,
wahrzunehmen des Spursteins magnetische Rose,
elektrischblaues Knistern, Lautspannung
zur Bogensekunde, Kehlblitz und Abdampf atmender
Kristalle, die Asche der Worte am Gaumen.
Gedacht! Ein Klingelfünkchen Grün,
ein tingelnd Hingegeben zwischen Stein und Bein,
des stummgefror'nen Heupferds Widerläuten,
Tod stirbt am Leben, weckt das Wort.
Frostfeuertaumel. Rhythmische Bankung. Erzweg

zur Scharte. Die wetzt er nie und nimmer aus,
der Überriese! Grinst er auch Firn
und dengelt Eis und Schneide: ein Lied wird sein,
jenseits und fern den Schindern,
die rettendes Ufer mit Netzen verhängen.
Ein lauteres Lied, arglos, Himmel und
Erde stimmig, freundliche Wölbung, Lyrik
der Lichtbrust, schwingende, schwirrende
Zwitscherketten, Schwalbenflugzeilen, jäh über dir
und dahin. Nachtblau und weiß ist ihr Sinn.

Ein Canto für Ezra Pound

»In meiner Heimat«
Wo die Toten gewandelt sind
Und die Lebenden aus Pappmaché waren

Was Wunder, wenn ich schon als Bub
zu Frosch und Igel überlief,
mich darin übte, unsichtbar zu sein,
gern ein NIEMAND,
ein Bengel irgend
im Geträum von Haselstauden,
den nur Hunger heimtrieb, manchmal.

Verzwergter Streblinge Redgeb und Schimpf
bitterte mir das Brot.
Um's nicht zu schmecken, schlang ich's.
Und mein Sinn war Flucht.
Denen kein Augenzoll, schwor ich, kein
Beugegeld, ihr kirrt mich nicht,
ich spuck euch auf die Zwinge!

Bis heute loht mein Haß auf Wortweltweisheit,
Heilslehren. Imposanter Quatsch,
Mundwind von Wichtigkeiten.
... Des Raumschiffs Pißkanüle ist vereist!
Löst sich der Zapfen? Durchschlägt er
den Schutzschild? – Jaja, »die letzten Dinge«
sind vertrackt, nichtwahr, o Mensch,
zu Höherem geboren?! Sündemalen im Hi-Hi-

Himmel. Und die Lebenden aus Pappmaché:
marionette Leute mit 'nem Draht nach oben,
re-ligio, »jede Menge Erzbischöfe, Gebeine
und Monstranzen«.
Stinklob der eignen Größe, Lug und Backenhohl.
Das tutet und tatet und schlenzt papierene Kronen,
HalloNationen.
Anteilnahme? Mitleid, wenn wieder eine
Kleiderpuppe hinschlägt im Markt des redenden
Gewimmels? Nie und nimmer!
Tiere sind immer authentisch, Menschen?
Sie sagen Gott und meinen sich
und wollen angebetet sein. Doch triffst
du sie ins Herz, pflutscht Ketchup, blubbt
pauperschäkigtes Gefrieser: wie es geschrieben steht
… im Lalebuch des Herrn.
Rom, Moskau und Jerusalem; alleweil Glupsk.

Nein, »in meiner Heimat« bin und bleib ich
fremd. Aus List gesellig, taktischer Humorist,
ein Vokativus, »von dem man nie ganz weiß«,
Kerkop, und sonst? Schamanisiert er?
Barfuß im Gras, voran die Wünschelzehe, spürt
und lüpft er Nüsse auf, Regengänger, der
die Steine kennt, darunter Salamander wohnen,
einer, »der sich's leisten kann«,
weil seine Felder bis zum Horizont
auf Luft gegründet sind,

im Abendgärtchen zu sinnieren, ob der Himmel,
der sonst hochgemuthe, nicht doch aus Neid
die Hagelschiffe schickt, den Rittersporn
ins Erdreich zu kartätschen, dessen Triumph
ein Leuchten ist, ein innenbürtig Blau,
wie es der Himmel nie zu Aug bringt,
er träume denn.

Wieviel Zeit versummt mit den Bienen?

Überm Wein die Fledermaus, Ezra, unsere Stunde:
Leittöne zu Verhaltensweisen, Intelligenz der Sinne.
Ubi amor, ibi oculus
Sich mit der Hummel einwühlen ins Blütenohr,
und die Begriffe ratschen, Türspiel von Geisterstädten.

Was ist es schon, das
sich selbst denkende Denken
vor der Zärtlichkeit einer Waldrebe?
  In dieser Blume lieb ich dich!
  Und im Knuppern der Pferde
  und im Gut-Gut-Gut, das die Bergunken singen.
  Wer log diesen Dreiklang um – in »Unkerei«?

  Die nicht sehen, was sie sehen,
  die nicht lernen, wie man Stein wird,
  Wolke oder Baum.

Katschen und Kätschen? Papierkauer, Tintellektuelle.
Riskieren nichts, skeptisch »vonvorneherein«,
nur nicht gegen sich, dumm aus Logik, unwissend
vermöge Wissenschaft. Fnüseln: »Naturlyriker«
und meinen »geschäftsschädigend«. So'n Dutzend
Bändchen der Neuen Weinerlichkeit,
Batik-Lyrik auf erles'nen Stoffen, ließen sie
durchgehn, aber die Frage, ob die Herren der
Zerstörung es wert sind, erhalten zu bleiben?!

Sie wünschen gebenedeit zu sein,
Schwangerschaftsmythologie,
Vergottung der eigenen Brut,
»Seid umschlungen ...« Müllionen,
  und zugedrückt, und nicht mehr losgelassen,
  bis ihr gelobt, das Atemrecht des Brudertiers
  zu achten!
  Catchascanketchup! Seid umschlungen!
  ... komponiert von einem Genie, pervers.
  Wär ich eins, ich schrieb' euch einen
  Chorus für Fallop'sche Muttertrompeten,
  Gottesgebärerinnen!   Bah, dies Geheuchel
  um ein paar Embryos, während sie
  den ganzen Stern abtreiben.

Nein, wir bleiben auf dem Siezfuß, Leute.
Ich kann euch nicht vor euch bewahren. Dito,
wo es schwarz ist, seh' ich schwarz.
Und kommt mir nicht mit der alten Leier:
Individualismus – Sozialismus,
Altruismus – Egoismus,
Kommunismus – Anarchismus …

Hirnschwitz von Stubenhockern!
  Bin Kollektiv genug, um euch in mir
  zu kennen. Omnia vestra mecum porto.
  Da blufft kein Scheuchewort.

Nichts zählt als die Inständigkeit der Zuneigung
– – – aber meine Abneigung
ist auch nicht von schlechten Eltern!
  Wie etwa?: Seume, Börne hätten nicht
  geliebt?   Oder Karl Kraus, »dem Wort
  und dem Menschen nah«?   Lest sein Gedicht
  auf einen toten Hund, so wißt ihr,
  was euch abgeht!
  Schade, Ezra, daß Ihr Euch verfehltet!
  »… und wurde von einer Dame daran gehindert,
  den Fackel-Kraus zu erreichen.«
  (An Dr. Stummvoll, 1958)
  Denn beide wart ihr
Nicht herrisch von Habitus, sondern heftig aus Scharfblick,
gemäß dem *Auftrag:*
Fahndet mit Eifer nach neuem Übel, nach neuem Guten

Freilich, der Indolenz ist das schon Übereifer.
Denn nicht das Übel, sondern der's benennt,
macht sich verhaßt:
Lust an der Wahrheitswidrigkeit, die.
Denkmeidung, die. Verhornte Augen, die.
Lärm und Gestank, die. Knien im Müll
und preisen Ihn, der alles schuf.

Ich sehne mich nach Menschen meines Schlags
und halt mich an die Toten, notgedrungen.
Denn viel zu selten
Freunde, die von weit herkommen
Die besten sind mir fortgestorben.
»Selbstfrohe Einsamkeit«?
Lesen, indes der weiße Flügelschlag der Zeit uns streift,
Ist das nicht Seligkeit?
Und Glück? … ist kobaltblaue Himmelslücke,
Marienkäferchen im Aperschnee,
Schlangenpfad zur Sonnenschanze,
Wolfsmilchwald, Philharmonie der Frösche,
Scherzflug des Ziegenmelkers unter der Zypresse,
eine Beere, sonnenwarm,
»Pflanzentraumwirbel des Akanthusblattes«,
solang der Musizierende
Musik ist,
Weißhaar Izidor, wenn er hereinkommt, lächelt:
»Vinocillin?«,
        freundlicher Umgang allemale.

Denn …
Es kann redliche Gesinnung geben
Ohne überragende Begabung –
und winkelgerechte Arbeit, sag' ich, ist ein
Wert für sich.
Und dennoch sehn ich mich nach Menschen meines Schlags,
Möchte Verwandte sehen, …
Von Fleisch und Blut, des Rätsels mächtig.
»All jene, die mit seltsamer Schwermut«

»… hat nie eine Zeile für die Arbeiter geschrieben.«
War aber einer, wie jeder Satz bezeugt.
Elitär? – – – sind vornehmlich Leute,
die so tun, als gäbe es nur sie, als seien
Frosch und Igel gar nichts, z. B.

Moment mal, Ezra, meine Freundin
kitzelt mich am Ohr, die Florfliege.
Will sagen: Phil oo zu viel! Die Natur
fürchtet Eintönigkeit.
Drauf einen Kolo!
Vom Tanz gehen heilende Kräfte aus

Zum Kratoška drängt selbst der
Feuerschröter. Der Bauch, der lachend
das Höhere sucht, ist der Kürbis
im Baum (serbischer Trinkspruch).
Die Kesselpauke jagt das Blech.
Kausalreihen? Lachhaft, Paprikagirlanden!

Mein Gang ist mein Flug. Von Tanz
keine Rede. Bist Schliwowitzfigur,
Ikonenglut, verflüssigt, treibt dich um.
Berührungsängste? Der Knoblauch ist
der Jude der Gerüche. Živeli!
Gesellschaftliche Körpergefühle?
Živeli, Živeli! Posaunenklang
verweht den Bohnenschnee. Maisbrot und
Paradeiser; ein Tisch, bis zum Himmel
gedeckt. Leibseligkeit das Höchste?
Vor dem Essen und nach dem Essen
philosophiert sich's »kolossal konträr«.
Umb umb umb, jetzt jagt das Blech
die Pauke. Das Fleisch der Pflaumen
feiert Auferstehung im Gold von Tuba
und Trompete. Häuser hüpfen im Hügelsprung.
Bin ich der Bär am Beißholz des Zigeuners?
Tief in die Träume klingeln Pferdehufe.
Zerbrochen sind die Römerstädte.
Es lacht der Milan überm Autowrack.

Artemis stets in Rufweite. Vielleicht
ist es das, was sie so aufbringt gegen uns.
»Nur der Freie liebt Freie.«
Und der Polizeiinspektor zu Forstinning,
gefragt, warum er die Linde in den Staub
gesägt habe: »Weil sie wild gewachsen ist.«

Fluch, einer nur der schändlich vielen.
Beschlafen Schablonen. Ihr Koitus
ist Rechenschieberei.   Schau dir ihre
Vorgärten an: DISCIPLINARY TRAINING CENTERS.
Odi, odi! Mir wird schwarz vor Augen.
Sargschwarz, aasschwarz, schwarz wie die
Uniformen der SS und die Soutanen.

Ein schwarzer Wind wirft sich gegen den Wald
…
Daß Haß der Liebe entwachse,
Etwas ist aus den Fugen,
Awoi, kahle Bäume ziehn über die Kimm

Dem Pappmaché ist's Papperlapapp,
Schwarzseherei und »halb so schlimm«.
Der Sinn fürs Ganze, die beßre Hälfte
geht ihm ab.   Doch es heißt amo,
und nicht vinco,   ergo sum.
Item bleibt's ihm fremd, Dein

Mädchen

Der Baum trat in meine Hände ein,
Der Saft stieg in meinen Armen auf,
Der Baum wuchs in meiner Brust –
Abwärts,
Und Äste schlugen aus mir wie Arme.
Baum bist Du,

Moos bist Du,
Veilchen bist Du mit dem Wind darüber.
Ein Kind – so groß – bist Du,
Und all das ist Torheit für die Welt.

In mai-näär Ha-haimat, duldi-ää
Andachtsjodler aus Transistoren.
Gleichnisse Gottes
pissen aus bestickten Hosenlätzen.
»Odi vulgus profanum …«
prallt ab von der Nackenmauer.
Oooo diie sind stumpf, baumstumpf,
morden, damit ihnen gleiche.
»… der Mensch wird unendlich
subtiler werden.« Sogar ein Leonid Trotzki!
    Wann eam doch dFotzn gfrearat,
    damita aufhearat mit seim Gsoafarat!
Der Mensch, der Mensch!
Hitler wollte, daß nur Arier übrig blieben.
Der Mensch, der Mensch will,
daß nur Menschen sind, und »er« zuletzt,
Er, einzig und allein, Gott.

Das Tor schwang auf der Angel,
Hechelnd ein todkranker Hund, torkelnd,
Verklebt mit Laugen und Säuren

Der Mensch, der Mensch! Und damit
das Kußfötzchen unvergleichlich leuchte:
die Kreatur gekreuzigt im Wissenschafts-KZ,
zernadelt, verdrahtet, elektrisiert,
von Giften gedunsen …
Der Mensch, Gemengele aus Blut und Phrasen,
»ein stinkend Hohl / und von sich selbst
besoffen / gottsd er dich an / bis
daß er ausgeloffen«   (apokryph)
Experiment Gehirn – gescheitert.
Insonahe ist's dreimal logisch,
wenn regierender Schwachsinn
das Jain zum atomaren Globozid
'nem Computer überläßt, genauer:
einem »Blechtrottel« (österreichisch)

Werd ich je die Giudecca wiedersehn?
Mit den Lichtern davor, Ca' Giustinian
Oder die Ca', wie sie sagen, der Desdemona
Oder die beiden Türme wo die Zypressen nicht mehr stehn
Oder die Kähne, die vor Le Zattere vertäut sind …

Dort, auf der Spatzenterrasse,
(Ponte Dell' Umiltá)
Herbstflut schwakkerte unter den Bohlen,
Möwenflügel schnitten den Schmutt,
daß es tropfte und pfiff,
tapptest Du,

Der arme alte Homer blind,
Fledermausblind, Ohr
Ohr fürs Tosen der See

Kein Wort hier
über das Mundöffnungsritual (vom 09.10.72)
in der Calle Querina.
                                        Hab's Dir nachgesehn,
schwieg zurück, folgte Dir ins Verstummen,
herzschrittweise, länger – gib's zu! –
als von so einem Jungen zu erwarten stand.
Das hatte Schlüsselkraft.
                                            Doch keine Anekdoten hier (!):
zu viele Heischegänger, zu viele Nachzehrer.
   Den Sprachlaib verschmähen sie,
   nicht die Bankette – anläßlich …
   Und läsest Du,
Dem Augenblicke Blut zu geben,
   die sähen rot,   nämlich Tatar.
   Kapiert?   Ja, Kapern!
   Periploi!
   Passiert,   Passiertes Fleisch, jawohl!
   umschifft,
   hält uns nicht auf,
Kiel gegen Brecher gestellt, Bugspriet aufs heilige Meer
Du suchtest Ithaka, Wagandu …
ich Mangaseja.
                              Gefunden haben wir uns hier:
Mein Platz warn die Doghanastufen in jenem Jahr

… oder die Treppchen vor San Trovaso.
Und lernte in der kühnsten aller Städte,
    (wie schäbig ist doch dies Jahrhundert,
    gemessen an Venedig)
daß Ordnung nicht Zwang ist,
sondern Balance,
Wechselkraft, Umlauf, withdrawal and return
Und der Canal Grande hielt sich wenigstens bis in unsere Zeit
weil der Sinn geschult war
an Ebbe und Flut
    Man studiere
    die Verordnungen über Schiffsballast
    und Steinmetzmüll, erinnere,
    daß die Wasserschaft
    unabhängig war vom Großen Rat,
    (ich wünsche uns Luft- und Wasser-, Erd-
    und Speisegeschworene, deren Spruch
    bindend sei fürs Parlament!)
nicht zu schweigen
von der Kraft ihrer Mythen,
gesellschaftsbildend, tausend Jahre …
Verstand, daß Ordnung nicht Zwang ist,
sondern Balance, Eintracht mit der Natur.

Lerne von grüner Welt erkennen, wo dein wahres Maß
An Erfindungsgabe oder rechtem Können

Dieser, Dein Vers, war meine Wende
und – siebenseltsam – seither
gelt' ich als »politisch«.
Und bin doch allenfalls zuwider
dem System
Ausstoß statt Gut, Täuschung statt Tausch
Bei USURA bleibt dir dein Brot trocken Papier,
Kein Weizen vom Bergacker,
Kein kernig Mehl …
kein Mann, ein Wort, sondern Klämsche
Litterae nihil sanantes
Denn Qualität ist unrentabel
und nicht »von heute«, wer, wie ich,
Buchweizen baut.
»Wozu? Wozu?«
A-letheia, Nicht-Vergessenheit.

»Le paradis n'est pas artificiel«
Doch anscheinend spezzato
Nur stückchenweise vorhanden
Der Duft von Minze zum Beispiel

Inwieweit fern, wenn mans im Sinn trägt?

Vielfalt sei meine Einfalt
(Möbius: 3700 Arten Desmidiazeen!)

Allso
Wie wärs mit ein wenig Großzügigkeit irgendwo?
»Gibst du dein Bestes nicht, bist du nicht frei!«
Daß sich dem Pappmaché
verdächtig macht, wer schenkt,
»ein Werbegag?«, »Betrug?«
soll mich nicht hindern, die frühen Verse
einzulösen.
Ein Mann, ein Wort, und sei es auch verschwendet.

Ich kam daher in meiner Jugend grünem Jahr
Und ließ mich nieder unterm Krokodil, nach Osten zu
stolz auf »Das Lied der Angst vor einem andren Tod«
und gab Dir Widerworte, Ezra,
Dialoge schreiben, weil
niemand da ist, mit dem man sprechen könnte
bis ins Finale:
Reinen Wein schenkt' ich ein,
wenn das Volk in Trauben stand.
Vom Gold des Herbstes ließ ich
Münzen prägen.
»Mal wieder Kaiserwetter, he?!«
und streute sie mit Liedern unters Volk.
»Als ob die lauschten, wenn sie raffen!«
Nicht einen Jirmilik hielt ich zurück!
»Getürkter Klang. Des Reimes wegen?«
Charon zu entlohnen,
werd ich pumpen gehen müssen.

»Passabel. Also nochmal zurück, alter
Schlauberger: Odysseus immortalis!«

Kam, las – – –
und strich den Hundertzeiler, ritsch, zusammen.
4,2 Millionen im DFB, Dichter, laß dir Zeit!
Und war ein Niemand nun auch mir.
Flaschenpost tristesse
Wo etwas treiben mochte stundenlang …

Nein, da ist nichts in diesem Allerlei,
Was gänzlich dir gehört.
Doch das bist du!

Jetzt erst die Kraft zur Antwort:

Nein, ich beharre nicht auf meinem Ich,
bin, was ich sehe. So genüg' ich mir.
Wenn ich ins Schauen mich verlier'
und ichlos Wolke bin und Baum im Wind,
nichts als das Schlagen meines Herzens
in der Stille, blühend von Ferne, das Auge
in der Geißblattlaube, Glückseligkeit
des Pfirsichs und der Traube …
was soll mir da ein Name unter Toten,
ein schöner Zug in Buch- und Gräberreihen?

»Irdischem Lob sind ihre Ohren taub«

(Fortunas)

Und meine,
Denn Pappenheim lobt Lippenleim.
Mozart verhaßt, weil überlegen.
»Der Dings tut's auch.« Und trotzdem,
da bin und bleibe ich Trotzkist – und fremd
»in meiner Heimat«:
Was ich gebe, kommt mir reichlich zugute.
Was ich nehme, macht mich verarmen.
Obsthaine verwaist, Bäume verrottet …
So laßt uns unrentable Arbeit leisten!
»Utopiiiie!«
Sprech ich dagegen: Papperlapapp,
glatt widerlebt, 17 Jahre schon!

»Wenn aber alle …«
Wär's Revolution, Umkehr des Verkehrten,
bewegtes Innehalten.
Das Erdreich kennen und den Tau, prismatische Worte.
»Und der Fortschritt?«
… schritt fort und ward nicht mehr gesehn.
Walkmen gestoppt.
Das Zeitwort ist sehen, nicht weitergehn.
Liebende Sorge um die Welt.
Der Weise freut sich der Wasser,
Hält Freundschaft mit den Bergen.
»iiiiiiiiiiiiiiiiiiiiiiiiiiiiiiiiiiiiiiiiiiiiiiiiii«
O Di immortales, was für Zeiten,

in denen die Sirenen allenorts
auf Dächern hocken und aus Blech sind!

O diiiiiie sind meine Odyssee!
Keine Küste geheuer. Wo immer ich anland',
diiiiie!
Vorhallen der Hölle
Lärm und Gestank
Nächstenliebe hab ich manchmal gekannt

Daß Haß der Liebe entwachse
  Kandidaten des Heiligen Geistes, bah!
Ich bin kein Halbgott,
Es will sich mir nicht einfügen.
Vertäuung gelöst, Bindungen zerrissen
Als das Floß entzweiging
Und sich die Wasser über mir verliefen
Wrack und Irrtum
im Sog von Scylla und Charybdis.
                                        Periploi?:
Morgen zu hoffen auf allweitem Meere?
Da sie auch hier schon wimmeln
im Driften toter Nixen, im Butteln
von Kanistern und fressendem Schaum!

Bis
ein Brecher hereinkam
und in Wirbeln
tönenden Salzes
jeder Gedanke
an ein Echo
aus Wandelgängen
des Schädelbaus
ichverlöschend
zerging auf
bittergrüner Zunge.

War einer, der war keiner, der kam durch.
Frag nicht wie, aber er kam durch.
Meergründe in ihm, Tote in Schuldhaft,
gurgelnd in Gürtelfluten,
Oy-Tis, Ohr für das Tosen der See,
das über Land geht im Tanzrausch der Blätter,
Oy-Tis, geehrt nur einmal: als ihm der Herbst
den großen Ahornstern in Gold
an seine Brust geheftet,
Oy-Tis, Begeisterung vom Unmaß der Vogelzüge,
Meilenwelle, Wassergalle, Melodienwehen,
Wendehals, Kehllaut der Zeitverwünschung,
»wer nicht Nein sagt, tut Ja«,
doch allen hold, wenn er sang: Ich liebe Sie,
die Freiheit. Niemand, niemand glücklicher
als ich – und darum gern ein Niemand –
Muschelkette, Sternenfest,

Freiheit zu Brot und Wasser
ist mein Augenblitz.
Niemand – glücklicher als ich,
Ein Wetterleuchten über den Marschen,
Wo der Strandhafer zur Flutwende zischelt,
Gezeitenhub, Windschliff, Lockruf des Kormorans
und Atemberg.   Ja,
Das Licht singt allewege
und sein Echo ist Dein Lächeln,
weiße Löwin vor dem Arsenale.
Der Dich befreite, Dich herausschlug aus dem Wacken,
hat sich verwandelt
in dieses Lächeln für und für.

Zeit, Raum
Weder Leben noch Tod ist die Lösung.
Und die vorbeigehn, hinschaun, Dich nicht sehen,
Das »DU« ist, wer zuerst erscheint
Vom Stamm der eignen Seele
wo sie nicht fingern, kratzen, schmieren,
sind schlechte Scherze – Gottes, meinetwegen –
Kalauer ihrer selbst, Auschwitzeleien
bis zum Overkill, doch überwunden
mit der Schwere dieses Steines
»In meiner Heimat«
Wo die Toten gewandelt sind
Und die Lebenden aus Pappmaché waren.

Der Mensch, der Mensch!
Ziele höher, mein Herz!
Wolken?
Du weißt, wo die Sonne ist!
Ziele höher, mein Herz,
und die Schwalbe wendet das Licht.

Bella Achmadulina · **Die Steinkette**

I

Wie ich die Kette meiner Steine liebe,
meiner, meiner! – und die Steine wissen das,
eingedenk der lichten Tage, Bogenstirn und
Flutgeschmeide, himmeltief im Uferschwung.

Ein Tag, geschenkt – und schon vergeben, wenn er
sich in die Küstenbeuge schmiegt. Zum Stelldichein
von Sprung und Sprung, und auf dem Sprung zu
fallen: Sprung, Stein und Stand, gerade noch.

Mir wurde dieser Weg Gefährte, sinnrege
füraushin, mal gemächlich, mal geschwind,
so daß dem Stein zuinne mein Karat,
meine Gezeit des Stillstands und der Sprünge.

Noch gestern war die Kette schwarz,
zog mich zugrund der Grenzstein aller Gründe.
Wummernde Wasserwucht schob einen Wall herein,
finster und frei. Taumelnde Horizonte.

Fast haute es mich um. Siedende See, wisch, ins
Gesicht. Salzbiß und Schreck zu Gischt und
Sturm verzischt. Nur ich im Sintflutwüten.
Das Meer schleift Einzelheiten, spült sie fort.

Nichts wird hier sein und niemand. So weit
die tausendjährige, punktierte Kette bis nach
Kronstadt schwingt. Wer ist das – Peter? Petersburg?
Jahrhunderte und Wogen, sie zerstäuben.

Ich bin es leid, darüber nachzusinnen. Das
liegt mir nicht. Genug der Moderoden Lobgestank!
Ein Fisch von irgendwann, ist der zu rühmen? Schon –
ein Triton, atmet er auf zum ersten Male. Im Granit.

Wie gut, daß die Unendlichkeit
für Schwanz und Kiemen keine Haken hat.
Angsthaftig ist mein Panzer nicht. Wachsend
genüg ich mir und fühl mich wohlig heimgeboren.

Noch tönten keine Münder überm
unweckbaren, ewig-jungen Schlund:
»Die Erde war wüst und leer, und
der Geist Gottes schwebte über den Wassern.«

Da, jäh, ein Niegeschautes. Doch klar,
das ist nun andre Vielgestalt.
Die Schere zweier Endlichkeiten
bewegte sich heran, stand still.

Ein Schauderbuckel, Schwimmhautpfoten,
gluipsch, abgerissen, ratlos, Fremdling
seiner selbst, trifft ihn ein unvordenklich
harter Blick aus feuchtem Schotter.

Und es geschah, daß man die Schuppenfunken
löschen, Farbe verkennen, das Woher vertuschen,
und Schattenzeit für Pfusch und Läppisches durchleben
mußte, sich tarnend mit Flüchen aufs Wetter.

Starr zu verharren, bis das Ungeheuer wiche,
galt's Luft zu schnappen, widerwillig im Bla-Bla.
Anheim jedoch, und Sprung und Sprung.
Aufs neue die Gedanken Erde-Wasser.

2

Wie ich die Kette meiner Steine liebe,
hingebreitet mit dem Schwung der Schärung,
frei vom Nachtrag meiner Zeilenschleppe.
Wie sein? Nun, in der Dauer meiner Kette.

Ich, wie hier kaum zur sechsten Stunde.
Kurz der Schlaf und schwer. Dafür jetzt atemkühn.
Kronstadt, in der Ferne schwebend, überhangend,
wie die Karsavina, rosa-transparent.

Andrejewkloster, wieder begegnet dir mein Blick,
der zarte Pilger. Schritt in der Reihe, Schritt,
ich steh. Und Sprung. Ich steh. Und Sprung.
Lungenseufzer gieren unersättlich.

Das Wasser küß ich. Ist ihm etwas abzutrinken?
Im Überfluß, nur zu! So küsse und so trinke ich
das Lachen meiner Bucht und liebe jeden
Stein der Kette, untröstlich, aber wechselweis.

Ich höre die verhalt'ne Zärtlichkeit der Steine.
Ihre Gedanken wispern in der Muschel
meiner Hand, und tastend unterscheide ich
Umfang und Eigenart, die sich entäußert.

Denn ihre Prägeform ist Zeitenformel,
die ganze Dauer und der kurze Schluß.
Der Sinn ist eingekerkert im Granit,
und der Betrachter sieht nur das Versteck.

Aber die Hand, sie fühlt den Puls der Energie,
spürt Speicherkraft; Handwort, wer hätte es
gedacht? All die gepreßten, eingeschlossenen Jahr-
hunderte sind warm und hörbar für die Nervenhaut.

Wie leer ist das gesagt: Jahrhunderte.
Das Auge drängt, Geheimnistiefen auszuforschen,
ins Unergründliche, und blind
zerspringt es auf der Oberfläche.

Der Augenblick jedoch, das Sein, fügt sich.
Er nistet zwischen Hand und Stein. Dem Stein zu
Ehren gehst du ihn verlustig. Dein Blick ist viel
zu starr, und es zerreißt dich schier der Möwenschrei.

Fußfassend auf dem Grenzstein aller Gründe,
richt ich mich auf, unsteter Strich
in fahler Wüstung, und sag: Mir zum Gedenken
bleibt noch immer dieser Schutz- und Trutzstein.

Doch – ob nun Kronstadt mich hereingelockt
und gar höchstselbst das unbeschwerte Lachen aus der
Bucht getriftet hat – ich bin in ihr. Weiß
und verächtlich über meiner Demut blixt die Möwe.

Was für ein Tag, an dem ein Schmunzelmund
das ganze Tagwerk ist, Spott aller Ewigkeit.
Lachend schüttle ich die Nässe ab.
Das eigene Vergehn zu wagen, wär's nicht Zeit?

Ich gleite aus, tapp rückwärts auf den Steinen.
Sichernd schau ich mich um und seh im
Steine, der die Reihe schließt, und bin
im Bilde, des Augenblicks Vergänglichkeit.

3

Wie ich sie liebe – die Kette oder Zeile der
Steine oder Worte. Schlaftaumel, unterscheid
ich nicht. Nacht trat heran ans Fenster
und legte eine leere Seite auf den Tisch.

Des Tages Auge ist verdeckt zum Augenblick
der Finsternis und neuer Schau. Vernichtung seinen
Leckerbissen, dröhnt buntes Treiben, Spechtgewitter.
Nacht gibt den Blick auf Kronstadts Schuld zurück.

Ihr Weichbild auf den flachen Wellen
– rauchweiß wie das Profil einer Kamee –
zeigt sich mit anderen Erkenntlichkeiten,
und huldvoll nimmt sie die Verbeugung an.

Wie ich die Kette liebe … Doch ich lache, so
selbstversunken in der Zeile und wirrwarrnichtig
gleich dem Uferpfad. Sich in die letzte Dunkelheit
zu retten, sucht die Molluske das Versteck der Muschel.

Schon ist die Dämmerung durchdrungen, aufgehellt,
vom Lichte übermannt. Zum Schrecken des Besitzers
wird das verbotne Medaillon geknackt
und die Zerbrechlichkeit des Kleinods offenbar.

Auch ich so eine, die nur schauen wollte.
Der Schlaf mein Zufall und mein Fehl. Den ganzen
Morgen, das ganze ausgelängte Vorweißdunkel,
behelligte mein Augenpaar die Bucht.

Sie – Fenster und Gedanke – fleht um Mitternacht:
Laß ab, schau nicht!
So – ist die Nacktheit des Gesichts ermattet,
müd von der Willkür lauernder Pupillen.

Wenn auch die Meeresbucht ihr Tun und Treiben,
all ihre Eigenheiten, Launen, nicht verbirgt,
so weiß ich doch, daß sie der fremde Blick bedrückt.
Ich selbst – zu Recht! – gehöre nun den Gaffern.

Was – ich! Wie sollte denn die Bucht nicht
schäumen! Da morgenmuntres Dockenvolk
zusammenströmt, bepackt mit Plastik-
Puselotten, Klimbim der Dingeriche.

Tag des Ausgangs, Tag, der auf Raub hinausläuft.
Die Schüchternheit der Dünen liegt geschändet,
und Flut wühlt bettelnd in den Resten
habgeiler Torheit, gottgewollt und giftig.

Ein bittrer Ton liegt auf den Lippen:
Immer beunruhigst, immer nötigst du!
Was sind sie mir! Zumindest du laß mich in Ruh!
Gönn mir Zurückgezogenheit, nur meine!

’s ist deine! Drum, um so kräftiger
von innen verschließ die Perlmuttkammer.
Zeit ist vom Abend- bis zum Morgenrot.
Nacht sei verdichtet in das engste Binnen.

Genug der Augengreiflichkeiten, Vorhang zu.
Bleich die Bucht und ich in den Kulissen.
Ihren. Meinen. Doch die Wellen finden
keine Rast in unsren ähnlichen Gesichtern.

Leb wohl, Kette, leb wohl auch Zeile, Uferschwung.
Warum nur muß, was lieb-vertraut ist, schmerzen?
Wohin die Kette führt, ich konnte es nicht wissen,
als ich ihr folgte, Schritt für Schritt und Sprung.

Tag und Tod

Für Toni Waim und Ferdinand Rothmann

Widmung

Epitaph: Geh in die Hölle: geh in Dich!

Lieber Freund
laß Dir berichten

– zahlreiche Tode
halten mich wach –

laß Dir berichten
von einer Reise:

Da ich zum Seher wurde
gilt meine Hoffnung anderen nun

Prüfe mein Ultramarin
prüfe meinen Blick
den ich schulte
im Schatten Deiner Maske!

Jeder Baum
ist ein Baum der Erkenntnis
und es enthält der Apfel
so viele Möglichkeiten
wie das Meer

Im Menschen
vermag sich auszudehnen das All

während eine Magd
zwischen Moosvogl und Todsackern
vielleicht heute
den entscheidenden Gott künftiger Tage säugt

Lob des Goldes

O schwarzer Saturn
O Jupiter weißer
O giergelbe Venus
O roter Blutsäufer Mars:

nicht den vier Jahreszeiten
nicht den vier Lebensaltern
entsprecht ihr
sondern meiner Dimension
die des Bürgers Hund zuweilen wittert
(dann sträubt sich sein Fell)

O Winter Winter
Zeit der Schwärze
mein Azoth läutert dich
zu frühlingshaftem Weiß

O Frühling Frühling
weißer Siegesstern
mein Azoth
vergoldet dich
zum Sommer des Korns

O Sommer Sommer
blonder Sommer
mein Azoth
läßt erröten deine Früchte
zu Früchten der
Erkenntnis

Mein Azoth
in des Herbstes
lohender Flamme
bringt hervor
das flüssige Gold

Trink es und leb!

Mein Azoth
treibt hervor
aus des Blutes
steigender Flamme
das ewige
das rote Gold der Weisen

Gold bleibt Gold
auch im Feuer:
Das Edle ändert sich nicht durch den Tod

In jener Nacht

Felsen worfelte Gott
Über die Ebene erhob sich der Donnervogel
sein Schrei
zerriß Mäuse und Kirchen

Die Mutter des Lamms
die schmerzensreiche
erschien der Engelmacherin
in jener Nacht
da Gott
die Ewigkeit hindurchziehen ließ
unter Brücken

da der gebrechliche Baum
seine Krücken
fortwarf
und wie rasend
gegen die Mauer schlug

schneller noch
hämmerte mein Herz
die kahle kalte Wand

Denn draußen wehte Gottes schwarzer Wind
das Eis leckte er von den Wegen

Gottes Wind der Todeswind
fegte hinweg der Normannen Raben
(und keine Küste fanden sie)

Gottes Wind der Todeswind
verwehte des Fatums eherne Tritte

Gottes Wind der Todeswind
trieb die Toten der Welt
durch mein Zimmer:
eine Wolke Gesichter
zog an meinem Bett vorüber
wie Dampf durch eine Küche geht

Im Schornstein aber
des Raben Stimme sprach:

Folge ihnen!

Ich ging hervor

Die Bisamratte
sagen die einen
holte das feste Land
aus der Tiefe des Wassers herauf

andere sagen
Wischnu der Keiler sei es gewesen
der die Erde
aus dem Grunde des Weltmeers grub

Im Kaukasus
hat ein Stier
die Welt
auf die Hörner genommen

hingegen erzählen
iranische Schmiede
es habe der Teufel
im Vogelkleid
die Welt aus dem schwarzen
Urmeer gefischt

und wieder andere lehren:
die Welt ging hervor
aus einem Ei

und der Mensch
aus dem Omuvapu-Busch

Ich

Dichter des Himmels und der Erde

ging aus meinem Munde hervor
Zwischen meinen eigenen Zähnen
hervor kam ich

sah liegen meine sterbliche Hülle
und sprach:

Hoc est corpus

Hokuspokus
höhnte die Stimme des Volkes

und ein Toter nahm mich beim Arm:

Komm
sagte er
wir wollen des sterbenden Gottes Seufzer erhaschen
dann treibt unser Atem
die Dünen die Schiffe die Klänge
dann sind wir
die Seelen der Möwen und Mühlen
und der Geist der Kirschblütenblätter

Doch es warnte Sijawusch
der nachdenkliche Held und Reiter
Sijawusch
von der Kehrseite des himmlischen Talers
warnte:

Geh mit ihnen
doch glaube ihnen nicht!
Geh mit Gott
aber bleibe Mensch!

Wirst hören das Lied der Schnurfigur
wirst vernehmen das Lied der Männermaus
wirst erspähen das Zauberkraut Amulang
das Kraut der Weisheit
das nur einmal wächst an einem Orte
wirst manche Antwort finden
und ewig neue Fragen
doch nie die Antwort auf die Frage
warum denn Erde stürzen muß
in eines jeden Menschen Mund

Komm   sagte der Tote
und ich folgte ihm
(und des Raben Rat)
und es begann eine Reise
ohne Ankunft
ohne Rückkehr

c’est la vie

Die Riesin

Da wir hinausritten
auf einem zweiköpfigen Kalbe
sahen wir
auf dem Dach eines Hauses
ein Lämmchen stehen
das ließ in seiner Todespein
einen Hagel schwarzer Erbsen fallen

Denn eine Riesin stand in Kirchentracht
die kaute manschend Menschenherzen
und griff Schlag zwölf mit ihrer Krallenhand
nach Gottes Auge das am Himmel stand
und riß das Dreieck aus dem Firmament
und Gott sah zu
denn er ist augenlos

Die Rede des Toten

Da wir nun weiterritten sprach der Tote:

Ich bin – du kennst mich – Hermes Trismegistos
Ich sah dich suchen der Weisen Gold

Den Angenehmen Unbekannten
den andere das Große Dreieck nannten
verachtest du
ich weiß

Ich sah dich zwischen Heiligen und Mördern
mit Bettlern und mit Narren wandern
die Staubstraße Wladimirka hinab
zum See der keine Leichen wiedergibt

Und während du vom Schattenfisch erzähltest
und vom Gestürzten Turm in Abukir
träumtest du
von einem Tod ohne Tränen

Ich sah dich beten in verfallnen Tempeln
indes die andern Teufelshölzer suchten
Eleuterokokk und Schen-Tschen

Ich sah dich der Uiguren Teppiche entziffern
und lauschen Mahmuds Wort in Chiwa
auch den Erzählungen des Śukapstati
siebzig Tage – und manche fügtest du hinzu
und Gott und Satan batest du
die alte Feindschaft beizulegen

Ich kenne dich und Jubal deinen Vater
Dein Schwager
der Heilbutthaken
zog Christus den Fisch an Land
Dein Bruder betet zur Sichel:

»Nimm wieder Kraft!
Du dientest den ganzen Sommer
nimm wieder Kraft ich stelle
dir deinen Anteil bereit
berühre du nicht das meine!«

Es glaubt dein Bruder
er säe
Heiligkeit mit dem Korn:
»Wenn die Gerste aufgeht« sagt er
»entsetzen sich die Teufel«

Und dies sind deine Worte:

»Alles lebt – es wandert die Lampe
alles lebt – es gibt nichts Totes
Ihre Stimmen haben die Zelte
und ihr besonderes Land die Töpfe
und ihre besonderen Häuser
Und auch die gehorteten Felle
die tags in den Säcken schlafen
am Abend sprechen sie

Zur Nachtzeit erheben sich flüsternd
die bleichen Rentiergeweihe
die auf den Gräbern liegen
und wandern im Mondlicht umher«

Dies sprachst du im Namen des Vaters
und weißt dein Leben als Seher
von deiner Sippe gestellt

du schwingst dich auf: ein Adler
zu kreisen an einsamen Himmeln
und bittest den Herrn für die Kinder:
vergib ihnen unsere Schuld!

Ein magisches Gewitter
mit blutigen Blitzen beladen
mit Worten aus Licht und Donner
kehrst du zu den Menschen zurück

und ehe sie dich verstehen
verwandelst den Stein du zur Blume
und schenkst sie dem staunenden Kind

Du bist der Zweigeborene
der Segler über dem Schatten
der Greif der die Sonne trägt
der ewige Feind des Würgers
der Falk der den Engel schlägt

Du bist der Zweigeborene:
zwei Tode braucht's dich zu fällen
doch noch im Sturze entspringt
ein neuer Tag deiner Stirn
eine Lilie von Blut betaut

Ein seltsam Land

Ein seltsam Land durchquerten wir
Da hing der Himmel voller Totenmasken
und paarweis fielen Augen nieder
Augen fielen als Regen

Da saß ein Mohr mit weißem Bart
an des Flusses schwarzer Zunge
der Siebenkönig küßte ihn:
da wuchs übers Tal
ein siebenfarbiger Augenbogen

Da lag ein Dichter in seinem Sarg
bei Wein und Brot im Sonnenschein
und Verse sprach er in den Wind
»Kollege« rief er »lache nicht
ich hab' die Form die mir entspricht!«

Da ging ein Schatten über Land
(der Schatten Gottes auf der Erde?)
Die Menschen sagten: Das ist die Nacht
»Damit es Tag wird« bat das Kind
»zünd – Mutter – doch die Sonne an!«

Da saß ein König auf dem Turm
im Goldnen Käfig Pendel schnitzend
»Schaff ich den Gleichklang zweier Uhren«
erklärt er »bin ich Herr der Zeit«

Da stand ein Gott auf einem Bein
»damit die Welt es leichter hat«
Die Abgottschlange würgte ihn
und keiner ging ihn zu befrein

Da hing überm Land die Guidonische Hand
Ein Vulkan spie fliegende Hunde aus
»Bestrafte Seelen« sagte Hermes
»sie wollten ihre Toten nicht bemalen
nicht klagen unter der Grabfigur

Sie bleiben im Astwerk des Weltenbaums hängen
bis sich der Mondmann ihrer erbarmt
und sie ins Reich der Toten führt

Sieh dort die Mutter sie gackert
sperrt in den Käfig das Neugeborne
legt auf den Boden das Kleine
damit es sich an die Erde gewöhne
und bald die Kunst zu fliegen vergesse

Zu nahe noch ist es dem Namenlosen
der Dimension zwischen Himmel und Erde
Es bangt die Mutter
das Seelchen könne entfliegen

drum schnell einen Namen gegeben
der bindet's an Eigenschaften
nur schnell einen Namen gegeben
bevor der Mondmann kommt

der Gott mit der Lippenscheibe
der wandert zwischen den Welten
und sucht die Frau ohne Schatten
um sie im Schlaf zu verführen
dann wächst der Mondsamenbaum

So nennen wir das Kindchen
›Heult-mitten-in-der-Nacht‹

Das Kind ist näher dem Namenlosen
hat manche Erinnerung
ist weise wie mancher Greis
und der Tod hat weniger Schrecken

Wir alle kommen aus dem Namenlosen
nur wenig treffen wir mit unserm Wort
tiefer
rührt unser
Schweigen
ist Gold

Sieh dort die Schwätzer
auf dem letzten der Bäume
auf einem Baum ohne grünen Zweig
tauschen sie
programmiert von ihren
fleischlichen Ahnen
lustlose Wörter
und schaben
elektrisch-mechanisch
zylindrische Schädel
um lockeren Schräubchens
die Frage zu klären
ab wievielen Bäumen
der Hain kein Hain mehr sei
sondern Wald«

Ein seltsam Land durchquerten wir
Da kalbten Gletscher
Donnernd brachen Götter nieder
ins Aschemeer

Da ragten Rümpfe Glieder Fratzen
aus dem Staub
Am Horizont: geborstne Aquädukte
und Säulen einer Nekropole
drauf die unsterblichen Toten hockten:

Der Nasenkönig Sokrates
der Weise Ulug-Bek von Samarkand
Kolumbus (trunken): Mein Globus
ist ein Hühnerei – meine Welt
Frau Dotterweich

Firdusi schmiedend den 60 000. Vers
mit seinem Silberhammer
der Hofnarr Golizyn: der Teufel der
die Zarin ritt
und Jubal – neben Don Luis de Gongora – rief:

»Kinder – euer Latein ist
zu Ende schon in den Wolken!
Cirrostratus Altocumulus Altostratus
daß ich nicht lache!
Das klingt wie das Eisen der Legionäre
und auch ein wenig nach Nachtapotheke
Im Gouvernement Archangelsk
nennt man die runden
silbrigen Wölkchen vor dem Gewitter:
Byki Windschweinchen Byki Byki
und in den Jungbrunnen steigt die Sonne
und es bettet der Mond seine geschwollene Backe
auf himmlische Daunen

Das sind Metaphern meine Herren
ist Sprache aus Bildern erbaut
Da sprechen Menschen zu Menschen!

Doch hört was Weles bläst
auf seinem goldnen Kamm
dem Kamm von Solocha!«

Das Lied des Weles

Sprang der Mondmann
von Nikes fliegendem Wagen
das goldene Horn zu spielen
für die Verliebten

Sah ihn der Held auf dem Berge
der Held mit der Löwenhaut
Fiel er vor ihm auf die Knie
und bat ihn: Befreie mich!

Nimm mir den Namen   Mondmann
er kröne einen Hirten
doch mich deinen Diener
entlasse!

Seit ich verflucht bin
zu sehen
was Völker
nicht sehen wollen
finde ich keinen Schlaf

Nimm mir den Namen   Mondmann
wirf meinen Kopf in die Reihen
der unbekannten Soldaten
sie haben die Schlacht verloren
mein Haupt ist Hasdrubals Haupt

Ich gäbe ein Schiff eine Flotte
mit Attischem Silber beladen
die Steine der Morgenröte
Sarmatischen Schmuck einen Berg
für den Schlaf des Epimenides

O Herr des nächtlichen Himmels
erhör meinen Eselsschrei!

Der ich für dich
der Ebene tönerne Trommel schlug
der ich – Hypnotiseur der Hähne –
die tanzende Durga bannte
durch einen Kreidestrich
der ich die Feuer von Apscheron
in Ziegenschläuche gefüllt
vor die Säulen des Herakles trug
der ich mit Ganeśa
auf einer Maus
ins Verborgene ritt

sei mir gnädig: entlasse mich
in die Hügel des Schlafs!

Der Mondmann knisternd
auf einem Felsen lilafarbenen Quarzes
erhob seinen Schild
gegen den Himmel

da trabte ein Rappe heran
(sein Zaumzeug: funkelnde Sterne)
und trug den Helden hinunter
hinter die Hügel des Schlafs

Das Fingertier kam gekrochen
vom Orchideenwalde
und scharrte unter Gekicher
ein Kissen Laub zusammen
zu Füßen des müden Helden
auf daß er nimmer erwache

Stationen

Ein seltsam Land durchquerten wir
Da gab es einen Krähenaugenbaum
und ein Duett mit obligaten Augengläsern
und Wesen die sich nicht mehr kannten
nachdem sie sich im Spiegel angesehn

Da gab's ein Erwachen zum häßlichen Leben
(die Weiber gebaren nach der Natur)
und ihre Hornisten bliesen zur Treibjagd
sie riefen den Zweifler zur Halsgerichtsordnung
zur Probe des geweihten Bissens

Fenster blickten fragend zum Himmel
Der Tag trug die Farben der Könige
In Scharen kamen die Unterlinge
Aha-ler Soso-ler aufs Marsfeld gezogen
und Augendiener schmückten mit Astern
die Bajonette der Garde

Der Zweifler aber bestand die Probe
erstickte nicht am Geweihten Bissen
und auch die Bohne des Gottesgerichtes
und auch der silberne Schierlingsbecher
vermochten ihn nicht zu töten

Da murrte das Volk da schwitzten die Richter
und drehten die Hälse in Vatermördern
und änderten Gottes Urteil ab:

»An die Wand mit dem Frevler!
Aug in Aug mit den Schützen!
Denn Grimassen schnitt er
beim Schlucken des Bissens – des heiligen Bissens!
Und somit hat er
den höchsten der Richter
verhöhnt und also
sein Leben verwirkt!«

Der Seher fiel: ein großer grüner Baum

Da riefen die Krähen den Regen herbei
Hirnbrütig walzte das Volk nach Hause
Freund Klapperbein soff Kindlbier
Mütter gebaren Totenköpfe

Der Hüter des Honigs verließ das Land
Die Seen verfaulten   Die großen Städte
erstickten im Kot
Die Tolle Grete ging in Serie
sie fraß das Pulver tonnenweise
Dann schufen sie die Lichtkanone:

Die Menschen sind des Menschen Tod

Es sagte das Mädchen: »Ich eile
zum Fest der Schmetterlinge!«

Es sprach der Jüngling: »Der Mensch
ist fürs Glück geschaffen
wie der Vogel für den Flug«

Es schwieg der Greis
Ein Wissenschaftler des Abschiednehmens
wußte er wohl:

Der Wind gibt unseren Worten
gar schnell einen anderen Sinn

Der Wind legt die Herzen frei
die unter der Asche glosen

Der Wind mischt unserem Wein
das Salz der Toten bei

Stumm ging der Greis aufs Meer hinaus
Seine Augen: Fenster mit geschlossenen Läden
Er hatte keinen Blick mehr
für den Todesengel über der Kopfsee
Er wußte: Wálaganda hört nicht auf zu träumen
Ungud gab uns Mund und Augen
aber keine Garantien

Abschied

Ein seltsam Land
von dem wir Abschied nahmen:

Die Klügsten sah ich fragend
die Dümmsten erklärten alles

Speichel gefror im Fluge
und Mädchen schmolzen (im Winter!)
und dennoch gab's Langeweile
und Narren mit Kieseln im Munde
und Wölfe die Hunde hielten
(homo homini lupus)
Choräle gab es – für Siebenschläfer
und die Gemeinschaft der Eiligen
und hirnlose Doppelköpfe

Erotische Wale verfolgten das Eskimoweibchen
Xerxes hieß peitschen das Meer
»Kampf dem Südwind!« brüllten die Psyller

There was a King of Swing and a Queen of spleen
Maria fuhr gen Himmel   Ihr folgte Gagarin

Da lernten die Kinder der Reichen
die Wiegenlieder der Armen

Da bauten Menschen Paläste ins Wasser
und nahmen die Augen der Fische an
beim Anblick erbeuteten Goldes

Da glaubte so mancher Gebete rückwärts gesprochen
riefen den Teufel und Salz auf den Tisch gestreut
meide der Blitz das Haus

Da glaubten viele zu wissen
und fielen bäuchlings beim Quantensprung

Da schwebten Lieder durch die Luft wie Fäden
filar il tuono wie Spinnenfäden

Engel verbrannten im Gezeitenwind

Da fielen menschliche Stimmen wie Flocken

Da schrieb ein Dichter: Weil ich das Leben liebe
findet mich weinend der Morgen

Kein Vogel Sirin soll stehen
auf meinem Grab
Kein Kreuz kein Maßliebchen kein Augenstern
nur Schlangenkraut und Taumelkerbel
ein wenig Fieberklee und Schwindelbeere
und wenn ihr wollt so setzt mir einen Stein
auf dem zu lesen steht:

Gott zu sehen in vielerlei Erscheinungen
konnte ich nicht umhin
Gott zu sehen von Angesicht zu Angesicht
war mir nicht gegeben
Aber er sprach zu mir
auf nördlichem Eiland

Wenn Gott spricht
das tönt
wie ein Baum
voll von singenden Drosseln

Theriak

13 Fügungen

Die Menschen werden begreifen,
daß es Stunden der Menschheit
und Stunden der Einzelseele gibt.
Velemir Chlebnikow

Der Tod, den man nicht vergessen kann,
ist nicht der, von dem alle sagen:
alle Menschen müssen sterben.
Ludwig Marcuse

Wenn wir ein gewisses Alter überschritten haben, werfen die Seele des Kindes, das wir gewesen, und die Seelen der Toten, aus denen wir hervorgegangen sind, mit vollen Händen ihre Schätze und ihren bösen Zauber auf uns.
Marcel Proust

Rückkehr

Ich kam, zu künden, aus Ultima Thule,
die Bunge zu trommeln,
ins Blakhorn zu stoßen,
den Freunden freihals zu singen:

Ich sah das Gefrorene Nebelmeer!
Tautierte Helden bezwang ich.
Steinbärtiger Riesen Schultern
erhoben mich zu den Sternen.

Lirs Thron sah ich
unter Toren aus Porphyr und Gneis
und alabasterweißen Wolkenkoren.

Wer, frag ich, könnte schweigen, wenn er solches sah?
Und wessen Sängers Harfe bliebe stumm,
nachdem tagaus, tagan der Meerwind ihn gebeutelt
und jeder Sonnenaufgang ihm Fanfare war?

Ich kreuzte nach Ultima Thule.
Ja, ich: der Freiherr von Habenichts,
dem Freunde Vorschuß gaben auf den Kiel des Schiffes,
und das den Münzenleckern Nullmalnullenburgs
mit Fug nicht sicher dünken kann.
So vorsintflutlich mutet es sie an,
daß sie's nicht einmal zum Kalfatern gäben.

Doch ich
in meiner pechverschmierten Naue,
ich war es, der die Lange Vierzig pflügte,
ich war es, der den Großen Vogelsand
in Richtung Teufelsloch zu queren wußte,
der Kreuz und Keilbein wagte
beim Springtanz zwischen den Klippen,
im Reich der Flatterechsen.

Ich, Wellenreiter, Wolkenfähnrich,
Freund der Thraker und Silurer,
Skräling im Krähennest,
dem Sternenwind die Bahe baust
dort noch, wo andere im Schralwind tapern,
ich,
des Lebens roter Herold,
kehrte zurück aus Ultima Thule,
brennend, zu singen.

Denn ich sah Königsgräber, voller Gold,
und hörte den Theurgen raulen
im Runenbult von Skara Brae.
Ich weiß von Geisterschiffen, Unternächten,
hab seltenste Kunde …
Allein:
Bittere Zeitung
gebietet ein anderes Lied!

Ich kam zurück aus Ultima Thule,
zu singen
vom Kampf mit dem Engel im Beiswind,
vom siebenfarbenen Muschelhorn,
das ich dem Grünen Gott entriß,
da seine Wogenfaust, des Meeres Ramm,
dicht neben mir ins Maul des Riesen fiel
und ihm die Hauer brach: Türme aus Quarz
versanken im Wellenwurl.

Fittichwind dann,
Geschosse, blutgeschnäbelt,
Geschosse mit Augen.
TIRO! TIRO! mit Bleichholz und Glimmerwacke.
Geschrei allüberall,
Gekreisch, das Klippen zersägte.
Die Walfischwolke gebar ein Weib;
Weib, das bald Baum ward, bald Geier …
›Glück kann man haben, niemals besitzen‹
Alles im Flug: Wind, Weh und Wahn,
Salzstaub und Eiderdaun,
Seepapageien und rieselndes Licht …
Knallbö
zerfasert Redeblumen.
Und drunten kollert die Gezeitenuhr:
una harum ultima

Genug. Ich kam zurück
und fand ein Trauergebirge.
Ich kehrte heim
und fand die Augentore geschlossen:

Im Totenbaum,
der meinem Leben Richtung gab.
Im Totenbaum,
der mich die Kunst des Abschiednehmens lehrte.
Der Meister bis zuletzt,
im Totenbaum.

Zweifalter über seinem Grab

Zweifalter über seinem Grab,
des Lichtes Wagen
und der Sternengang.

Wo bist du, Freund?

Schweigen.

Worte wehen hinab in den Kolk.

Nicht kann des Blutfinks Tschiwitt,
nicht kann des Taubhorn Gurrith,
nicht kann des Nachbarn »Wie geht's?«
nicht kann der Häsin »Wie steht's«
nicht kann des Pfaffen Bravade,
nicht kann der Weltstadt Tamtam,
noch kann des Donners Paukenschlag
dies Schweigen übertönen.

Die Augen schließend, sehe ich

Die Augen schließend, sehe ich
den Tag hingehen in Marienseide.
Ähnlsummer. Fliegender Sommer.

Die Sonne sinkt. Das Beinhaus steht in Blut.
Darinnen: süße Luft
und sterbeblauer Blumenmund.

Und von der Hand des Herrn
zur Dornenkrone spannt
ein Kanker stumm sein Netz.

Der Tag verglüht im Kratt.

Die Totenkäfer ziehn vom Gräberfeld.
Sie stellen ihre Schaufeln ein.
»Bis morgen!« sagen sie.
Und Zähne knirschen
unter ihren Schritten.

Tage reiten vorbei

Tage reiten vorbei.
Hufe hämmern das Kopfsteinpflaster.
Turmfahnen knarren,
rosten und fallen.
Mauern wachsen
und sinken ins Erdreich.
Unterm Hufschlag der Tage
bebt die Schädelstraße.

Morgen setzen die Reiter
über unsere Köpfe.

Augenlose Reiter.
Reiter ohne Gesichter.
Doch jeder in roten Schuhen,
ein jeder mit purpurnem Mantel,
und Haupt und Krone
sind eins in der Sonne.

Und ihrer Schilde Heraldik
– der Baum, die Woge, das Auge –
lenkt mich vom Ende ab,
hält mich in Atem.

Ich trinke Bilder:
Theriak gegen den Tod.

Wie lange noch?

Ohnmacht und Zorn

Schon sehe ich das goldene Löwenpaar
schwimmen nach San Michele.
Schon höre ich der Totenwächter Hüsteln auf den Wassern,
der Salzflut Schmatzen und Glokotzen unter Planken.
Schon sehe ich die Fergen staken übers Noor
auf Schnabelsärgen.

Venezia, stolze Königin,
Beherrscherin der Meere:
wie du versinkst, versank auch er.
Kein Tod gleicht deinem mehr als seiner.

Ohnmacht und Zorn!

Wie gern scheucht' ich die Tauben auf
dort drüben in Burano
und auch die Leichentauben all
vom Markusplatz,
auf daß ihr Federflügelknall
Salut sei diesem König.

Munin ist tot. Tot ist Munin,
der Großrabe,
der Fechter im Käfig,
der Unbeugsame,
der zurückkam über den Lethe,
dessen Augen wanderten zwischen den Welten,
dessen Wort Brücken wölbte über die Zeit,
dessen Schweigen
zuletzt
Richtspruch ward den Schädlern und Schössern,
Signal den Wachenden hinter Mauern aus Schall.

Tot ist Munin.
Mein Wehdag nimmt kein End.
Ohnmacht und Zorn: Raubvogel Tod,
wer schlägt Dir je die Krallen ab?!

Erinnerungen steigen auf

Noch lebe ich, noch hab ich Bilder.
Die abendschnelle Fledermaus
lenkt mich von einer Träne ab.
Erinnerungen steigen auf:

Es stöhnt das Tier, die Dämmerung, das Meer.
Ins Gegenlicht stemmt sich die Krüppeleiche.
Sie droht mit schwarzer Mispelfaust.
Fischreiter tauchen aus dem Traumsee.

Flußauf übers Wasser
geht einer zum Werder;
der Wind fächert seine Worte zu mir:

»Ich habe die Quellen mit Brot und Käse gefüttert.
Ich habe dem Wind mein Mehl geopfert.
Das wissen sie –
und verstehen es nicht.

Ich schmeckte die Küste,
wenn ich die Auster beroch.
Ich bannte den Limbert durch Eisenkraut.
Steine huben an zu sprechen
unter meinem Blick
und Wunden schlossen sich
und Wölfe winselten.

Ich hütete die Sonnentore,
und Funken schlug ich
aus der Otterzunge.

Das alles haben sie vergessen.
Und kauen doch mit müden Mündern
Hufeisen, Witwenzöpfe, Sonnenräder,
Kerbhölzer, mehr als gut gesalzen
und Arme, zum Gebet gekreuzt.

Doch mümmeln sie nur Mehl.
Sie schmecken nicht den Geist der Dinge,
der sie allein aus ihrem bilderlosen Dasein
ins Leben führen könnte.

Beim dreigehörnten Stier: Ihr langweilt mich!
Aus euren Augen glotzen einzig Münzen.
Fürs Leben seid ihr blind, ihr
wohlgenährten Leichen: Es lebt, wer sieht.
Ein Mensch ist so viel wert,
wie seine Augen sehen.«

Wer ist's, der solches spricht?

Wer ist's, der solches spricht?
Ich muß es wissen. Jetzt oder nie!
So ruf ich übers Wasser:

»Ich sehe dich!«

Er wendet seinen Schritt, geht auf mich zu.
»Beim Hammergott!« sagt er. Aus seiner Stimme
klingt Erstaunen, aus seinen Worten höchste Freude.
Indes er näher kommt, verändert er den Gang.
Die letzten Ellen hüpfte er
und steht vor mir auf Vogelfüßen.
»›Hab offne Augen, wie die Sterne!‹ heißt es bei uns.«
Ich werde mich erklären müssen. So fang ich an:

»Das Siebengestirn und der Jäger
gehen im Morgenrot unter. Gen Osten aber
steht der Große Bär gerichtet.«

Darauf der Vogelmensch:

»So bist du nicht aus diesem Land geboren!
Denn unser Tag führt anderes im Schilde:
Wie eine blaue Taube wird der Morgen landen.
Dich aber trägt der Reiter fort nach Westen.
Ins Wasser schrieben Götter deinen Namen.
Vom Baume träumst du. Auge bist du. Lied
wirst du werden, Lied im Wind und über Wogen,
von Menschen kaum vernommen, doch vom Baum.
Das sage ich, den sie einst Merlin nannten.
Das sage ich, die Amsel.«

»Und dein Gesang?«

»Der Baum ist inne meiner Lieder.
Er trinkt den Vogelruf mit tausend Ohren.
Du glaubst es nicht?
Brich einen grünen Zweig
und wirf ihn in ein Feuer:
so wird er zwitschern in der Glut!«

»Ei, jetzt verstehe ich.«

»Der du noch staunen kannst, blick mir ins Auge!«

»Heut nicht zum ersten Male, wie mir scheint.«

»Schweig jetzt, denn mehr wirst du erkennen,
wenn erst der Fisch die Sonne freigegeben hat!
Aus deinen Augen les' ich mancherlei:
Von deinem Volke geht die Kunde,
daß es zur Jahreswende stürbe
und auferstehe, wenn der Wind
das Eis der Flüsse lecke.
Als Frösche, heißt es, lebtet ihr im Winter
und Zlata Babas goldnen Bauch
verehrtet ihr im Lärchenwald
bei immerwährendem Trompetenton.
Aus deinen Augen les' ich vieles noch:
Fünf Seelen hat bei euch der Mann und vier das Weib.
Drei deiner Seelen deutete ich schon.
Die vierte steht auf einem Kupferboot im Schlamm;
der Schlange Leib dient ihr als Bogen,
der Schlange Zunge ist ihr Pfeil.
So hält die vierte deiner Seelen Wacht,
auf daß kein Lebender den Ahnenfluß verletze.
Die fünfte aber,
die Hinteräugige,
bleibt dein Geheimnis bis zum letzten Atemzug,
bis zu der letzten Zeile deines letzten Liedes,
das du dem Sapownela widmen wirst,
wenn schon des Adlers Schnabel
auf dich zielt.
Dein Blick ist gut: er hält dem meinen stand.
Scharfsichtig ist's, den Augen nicht zu trauen.
Dein Volk weiß mancherlei davon.

Drum tragen sie das Augenpaar des Bären
bei Lügenliedern und mit Tanz zu Grabe.
Drei Augen aber
weiten deinen Tag,
wenn du auch noch mit deinem Herzen sehen lernst.
Dann wird dein Lied nicht lauter tönen als dein Leben.
……

Vorbei! Ich muß nun fort, mich ducken.
Denn diese Nacht von meiner Farbe
ist deine Nacht. Noch vieles wird geschehn:
Sei wachsam! Wache! Auch im Schlaf!«

»So warte, eine Frage noch!
…… Fort.«

Fort?
Nicht mehr zu sehen.

Einhörner tänzeln zur Tränke

Einhörner tänzeln zur Tränke,
Einhörner, helfenbeinweiß.
Der Schnapphahn hockt,
zum Sprung geduckt, im Sperberbaum.
Hoch über ihm: der Berg, der vormals Feuer spie.
Und auf dem Berg, allein: Mein Ahn.

Die Arme über den Himmel gebreitet,
den Mond geschultert,
›ein Baum, größer als die Nacht‹, ragt er und singt,
indessen Sterne niederregnen auf sein Haar:

»Agla! Agla!
Himmel und Erde vermählst du.
Blitze schleudert dein Hammer
und bläst du dir in den roten Bart, rollen die Donner.

Atha
Gibbor
Leolam
Adonai! Du bist in Ewigkeit mächtig, o Herr!

So lobe ich dich
und preise ich dich,
denn, riet mir ein weiser Chaldäer
im Zeichen des Ziegenfisches,
›kannst du eine Hand nicht zermalmen,
so küsse sie!‹

Ich beuge mich deiner Macht, Wipfelbeugender.
Agla! Agla!
Der Mond trug eine Krone.
Venus ging bärtig über den Himmel:
Wahrlich, ›den Ungeborenen und Toten
wird morgen am wohlsten sein‹.«

So singt mein Ahn vor Tau und Tag.
Da ihn mein Ruf erreicht,
steigt er als Rauch empor.
Blau steht die Wolke überm Geisterberg.

Des Wachtelkönigs Schnarr löst eine Träne

Des Wachtelkönigs Schnarr löst eine Träne.
Darinnen fließen und mischen sich die Bilder:
Wechselzinnen, Widerkreuze,
Doppeladler, Hungerbrote,
Lilien, Äxte, Pfauenfedern;
selten nur die Eberkopfstandarte.

Es schnarcht der Fürst; durch seinen Mund
steigt Hofnarr Jonas in den Bauch.
Ein Mönchlein sammelt Teufelsabbiß
gegen Weibertücke.

Die Prozession der Kröten
verfehlt das Gnadenkirchlein.
Denn eine Wandelkirche ist's, die,
wenn auch in das Tal gebaut, gefügt
aus ungelöschtem Kalk und Buckelquadern,
des Nachts hinauffliegt auf den Brink
zum angestammten Platze Lugs.

So gehn die Silberkröten fehl.

Da lacht der Eselsköpfige am Kreuz.
Und es erwacht der Widder, der die Kanzel trägt.
Gehörnte Hechte tauchen aus dem Kirchenschiff.
Und es erwacht die Kaiserorgel zu Toledo.
Hornruf höhlt Berge aus.
Die Wasserdrachen schürfen neue Schnellen.
Gepfauch von Panthern und Gelächterglocken.

Im Beichtstuhl hockt der Tod
und streicht die Pferdeknochengeige.
Heiii, da entwischt die Göttin des Hojanens,
und nackte Nönnchen tanzen die Quadrille.

Teutates tanzt, der Dreigesichtige.
Teutates tanzt, der Genius des Gaues.
Und Hesus tanzt mit ihm, Hesus,
der Bäumefäller, Gott des Krieges.
Und Stiergebrüll. Und wütend
weht des Abergottes Wind.
Er schüttelt Sterbende vom Baum.
Dumpf prallen Schädelnüsse.

Heulen und Zähneklappern.

Allein die Bäume ›sind Gelassenheit‹.
Sie nehmen mich auf
mit offenen Armen
und führen mich zu mir zurück.
Die Bäume wehren dem All.
Sie halten das Übermächtige fern
und weinen langsam fließende Tränen:
Augstein. Bornstein.

Und jeder Baum ist Augentrost.
Im Schutz der Bäume west der Geist des freien Tieres.
Und ihre Wurzeln gründen in der Traumzeit.

Werft eure Sägen fort, Menschen!
Grabt das Beil ein!
Haut euch nicht selber um!

Zu eurem Schutz müßt ihr den Waldgott schützen!
Denn furchtbar schlägt zurück
des Abergottes Wind. Und mindern
keine Bäume seine Wucht, so liegt entwurzelt
Yggdrasil.

Angst, Angst.
Schlüssel gegen's Irrlicht werfen?
Diebesdaumen in die Peitsche flechten?
Beten? Schwören? Sempervivum schlürfen?

Da tritt aus dem grüngelben Bitterbaum
der Einäugige mit dem Breithut hervor.
»Lerne«, sagt er,
»das Lied der gefangenen Amsel singen:
mit den Augen!«

Da steigt aus dem Mondtor
der Genius mit der Kapuze:
»Du darfst in meine Mütze blicken,
die ich den Menschen überstülpe,
damit sie schlafen können. Drum
stell dich gut mit mir.
Was siehst du? Sprich!«

»Es locken die Hyaden:
per aspera ad astra!

Es lockt das Meer:
Thalassa! Thalassa!

Es locken die Mädchen,
zwitschernd, unter Arkaden.
Ich gebe nach, möchte küssen:
da blickt der Tod durchs Fenster.«

»Nicht schön. Doch gut, zu wissen.
Denn wer ans Sterben denkt, beginnt zu leben.«

»Das sagst du ausgerechnet mir?!«

»Ja, dir. Damit dein Heute um so lauter töne.«

»Und morgen?«

»Morgen segelst du im Einbaum,
treibst dahin in deinem Sargboot,
im geflügelten aus Maulbeerholz.
Über Gottes grünen Mantel
– Sonne heitert, Hagel kieselt –
fliegst du hin im Kardinalswind.
Überm Faltenwurf des Meeres
segelst du im schwarzen Einbaum.

Unterm Echo deines Liedes
– deines Liedes: Heute! Heute! –
gleitest du in deinem Sargboot.
Und mit deinem Schulterblatt
ruderst du. Jedoch vergeblich.
Denn die letzte große Bulge,
eine himmelhohe Woge
wirft dich durch das Tor des Todes,
schleudert dich ins letzte Thule:
durch des Weltenmeeres Quirlung,
durch die Nabe des Taifunrads.
Dorther kehrt kein Wort zurück.«

»Kapuzengnom, mach dich davon!«
kauzt Schuhu, der Zaubervogel,
und streicht lautlos in die Uchte.
Und es ächzt die Geisterlärche
und es raunen Gräberseelen
und der Hechtgeist schlingert
durch die Bilderflut:

Cernunnos deckt die Königin des Augenblicks.
Neid lauert im Hauhechelwald, Neid
mit der Schlange im Munde.
Der Schwarze Dämon, in Händen die Grüne Krähe,
reitet das weiße Zicklein zu Schanden;
das Zickzackzicklein. Das ist der Blitz in der Nacht.

Grunzen. Geflappe von Lefzen. Brunstschrei
und Mammuttrompete. Über die Wolkenbermen
rücken Gorillas heran. Gorillas in Nyltesthemden.
Ein Streichholz ritscht. Vineta brennt.
Atlantis sinkt. Die Siebenstädte fallen.
Und Mangaseja dämmert.

Derweilen jagen Hasendämonen
den Fuchs, der aus dem Sarge sprang.
Und Biber fischen mit den Schwänzen.

Auf Nebelpfoten schleicht der Wolfsmond an.
Landsknechte stürzen Wein aus ihren Stiefeln.
Der Borstwisch krallt den Hexenschnüffler.

Dann kräht der Hahn
und König Finster flieht.
Hufschlag ertönt.
Der Gegenreiter kommt.
Auf seinem Schilde:
meine Morgenträume.
In seinem Köcher:
tausend Pfeile Licht.

Wunder, wohin ich blicke

Wunder, wohin ich blicke:
Kristalle, Augen, Kadenzen,
Ähren, Brücken und Baßfiguren.

Doch grausig geschmückt
inmitten der Pracht, geht der Tod.
Über Fasanen im Morgenrot,
über dem Tag, der erstrahlt,
wenn du – Geliebte – die Augen öffnest,
über Paaren und Neugeborenen
räkelt sich schon das Verderben.

Verderben aus Menschenhand.

Die Gänse trompeten.
Längst hat der Dichter gesprochen.
Man hat ihn verbannt:
in den elfenbeinernen Turm.
Und gab ihm zu knabbern
am Wahrsageknochen.

Und wieder und wieder: das böse Erwachen:
»Am Grabe die Blinden zu sehen begannen,
die Stummen zu reden begannen,
den Krüppeln ward Gehen,
den Verdorrten ward Strecken,
den Tauben Gehör.«

Bis die Öfen wieder brannten
und der Zinsfuß und der Schlagfuß
wiederum den Schritt bestimmten
und den Weg
ins Nichts.

Am Kreuzweg des Lebens und des Todes

Am Kreuzweg des Lebens und des Todes,
im Land ohne Abend und ohne Morgen,
unter dem Steigen und Sinken des Nordsterns,
angesichts Natmars mit den schwarzen Schwingen,
geschüttelt von Idpa, dem großen Fieber,
verfolgt von Maskim, dem Fallensteller,
gezeichnet von Utag, der in der Wüste haust,

ein ›Mensch, aus krummem Holz gemacht‹,
beileibe kein Gefühlsathlet,
von Not geprügelt, dennoch ohne Buckel,
gähnend beim Chor der Nachbeter, beim
Bluff-Blaff der Kaltschnäuzer,
verlacht von jenen gebildeten Narren,
die aus dem Miste die Rose erklären,

trauernd zwischen den Möbeln der Ahnen,
träumend vom Gastmahl am Blauen Tische über den Wolken,
zürnend dem satten Bruder, der dem hungrigen
vorkaut und dabei Manieren predigt,
spuckend aufs Schmiergeld der Herren Kipper und Wipper,
taub für euer genormtes Gequäke,
überdrüssig all eurer Ismen und Schismen,
such ich das Weite.

Nein, euern way of life kann ich nicht gehen.
Er führt doch nur nach Profitopolis.
Was soll ich dort?
Mir etwa meine letzten Stunden
von einer Parkuhr abzähl'n lassen?
Nein, niemals, nie!

Eure Citys
mit just euren Dutzendgesichtern,
euer Man-lebt statt Ich-lebe,
euer Geschrei und sonst nichts,
wenn Geldmacher euere Flüsse vergiften,
die Wiesen teeren, die Bäume köpfen …

Nein, diesen way of life kann ich nicht gehen.
Denn ich will leben.

Es trennen uns Welten, Herr Nachbar!

Es trennen uns Welten, Herr Nachbar!
Woher ich dies wisse?
Nun, ich sehe, Herr Nachbar. Ich sehe,
wie Sie den Kopf schütteln
über den Worten des Freundes, der ausrief:
»Sieh nur, die blühenden Krokusse! Lauter Kollegen.«
Ich sehe Ihr dummes Gesicht bei der Frage des Kindes:
»Warum sind die Sterne so schön?«

Es trennen uns Welten, Herr Nachbar!
Da standen Sie in der Mittagssonne
und nannten die Wiesen vor Ihrem Haus
einen »toten Grund«, weil noch nicht bebaut.
Ein toter Grund? Mit Blumen und Schmetterlingen?!

Es trennen uns Welten, Herr Nachbar!
Denn nichts,
Mondrauten nicht und Mummelkronen,
Goldkäfer nicht und Feuersalamander,
der Singende Bogen nicht, noch Kaiser Humajuns Pauke,
der Blitzvogel nicht, der Windtiger nicht,
auch Ulum Uj nicht, der Vogel des Schlafs,
nicht Körbeldschin, die Eidechsengleiche,
nichts Lebendes
berührt Sie, Herr Nachbar!

Vieles vermag Schönheit.
Aber das Eis entriegelt sie nicht.
Das Eis der Leute mit dem eiskalten Blick,
das Eis der eiskalten Rechner,
das schmutzige, schuttbeladene Eis,
das Wälder und Tiere verbannt
und bald auch beiseite schiebt
uns Menschen,
das häßliche Eis zu brechen,
ist Schönheit zu schwach.

Zuckend,
zerrissen das Perlmutthemdchen,
ein Fisch auf scherbigem Eis,
stirbt die Schönheit.
Und Sie schauen zu, Herr Nachbar!
Mit frostigem Lächeln
und zählen mechanisch
zum tausendsten Male
Ihr Geld.

Es trennen uns Welten!
Das turmhohe Herz des Baumes steht still.
Die Amsel erstarrt. Auch mir stockt der Atem
in Ihrer Nähe. Und trüge ich Blätter,
sie fielen ab.
Da rettet nur Flucht.
Mit einem Thessalischen Sprung
land ich im Sattel des Gegenreiters.

Das Pferd bäumt sich auf,
schnaubt Wind, daß die Wolken fetzen.
Dann reiten wir – die Hufe schlagen Feuer –
und jagen König Finster die Beute ab.

Ich aber greife zum Trommelkasten,
geschnitzt aus dem Holze des Weltenbaums,
vom Holze des Lebens,
vom Holze der Schönheit,
von wehrloser Schönheit, die jeglichen Mannes
Schutzes bedarf, und schlage
die Weltenbaumtrommel
und poche – mein Herz ist mein Schlegel –
und poche und poche und singe
unüberhörbar für alle,
die noch bei Sinnen sind:

Ich bin das Herz der Welt

Ich bin das Herz der Welt.
Setz ich aus, fällt die Welt.
Dann stürzt auch der Horus des Horizontes,
verblaßt die Sonne im Mittag,
erlischt auch das Antlitz meiner Geliebten.

Ich bin das Herz der Welt.
Setz ich aus, fällt die Welt.
Und darum muß ich Bibi Chanym heute küssen.
Denn heute nur glückt mir der Flug vom Minarett.
Nur heute trägt mich Arsibini 22 Ellen.
Nur heute treffe ich Favolius in der Winkelschenke.

Heute, heute, nur nicht morgen
folgt der Emu meiner Holztrompete,
pickt mir Picus aus der Hand.
Heute fahren Züge durch mein Leben.
Heute spricht der Baum, mein großer Bruder.
Heute hat der Rabe Zugang zu der Sonne.
Heute singt der Grüne Stock,
tanzt der Klammhirz, deute ich die Kranichsieben.

Heute bin ich euer Shanty-man
(und zugleich ein Schiff mit tausend Schrullen).
Heute sitz ich in des Tages Sattel,
windgegürtet über Wolken
und mit meinen besten Freunden
zeche ich am Tafelberg.
Heute leb ich, heute, heute:
Tausend Jahre sind mein Tag.

Janusaugen

Sechs Tagebuchgedichte

I

Mit den Toten gespeist
zur Herbstnachtgleiche;
die Augen gedoppelt,
beratschlagt,
was die Reise betrifft,
die Kunft und das Länden
im Niemandsland.

Und der Winter kam früh
(die Imsen hatten's gewußt!),
flog her auf Sturmreiters Roß,
Kuk im Gefolge und Kauket,
Söhne der Nacht,
brünstig, Blut zu saufen
aus Horn und Helm,
schwarzes Blut aus Schädelkalotten.

Und sie sprengten zum Walde
mit grimmigen Sporen,
hieben den Aufstand der Farben nieder,
kirrten die Stadt,
legten die Biberburgen in Eis,
hetzten die Korndämonen,
warfen mit Raben um sich
(die fluchkrächzten CRAS,
KRAB und CRAS im Durchhau),
zwangen den Rotfuchs zum Spießrutenlauf,

samten ab,
bockten die Magd auf offenem Felde,
trieben's im Mondhof mit Wolkenweibern …

Eiferheiß
glubschte der Däumling hinauf,
der im Holunder haust. Ja,
es vergaß der Gaumengeile,
daß ihm das Tischlein gedeckt in der Scheune.

Hinterm Beinglas die Alten
raunten: »Kein Wolf fraß je einen Winter!«
Stirnwolkig sank er aufs Land.
Der Morgen fand ihn, von Schlaf
übermannt, im Zwielichte liegen.
Durch seine Finsternisaugen,
die Wuhnen im Eis,
kamen zuweilen Fische getrieben,
und träumte ihm,
spermte er
Sterne.

2

Und wir heuerten ab
über den Salzfluß
zum Ziegelzingel.

Der Fährmann,
Charon im Diesel,
fluchte bei Santa Morte.

»Zum Friedhof bitte,
nach San Michele!«
Er, Muscheln schlotzend:
»Und wieder zurück?«

Wir kamen im Lichte über das Wasser
und gingen die Totenstraße hinunter:
Beinladen beiderseits,
Urnenschränke aus kaltem, grauem
Gestein. Blutstropfenrote
künstliche Rosen,
Photos von artig gekämmten Kindern;
vergilbtes Lächeln. Wem?

Schritt für Schritt:
Wer kennt die Namen?
Schritt für Schritt:
Und wer bin ich?
Ahnen beschleichen, zu Schatten geformt,
den Gast von der anderen Seite.

Und Hesychos winkte uns unter die Ulmen:
»Igor Strawinskij« –

unter der Stirnwand,
im Osten der Nekropole.
Zur Linken – ein Fenster auf die Lagune.
Dort kauert Neptun
im traurigen Winkel.
Aus seinen Augen
fließt Schlamm.

3

Dann kam Kalliope,
weiß der Wind, woher.
O Augenhölle!

»Von Deinem Blick getroffen, rücklings
stürzt die Zeit!«

O Lächeln im besonnten Flug der Blätter!
In Deiner Atemnähe will ich leben!
Dein Auge ist mein Sonnenlehen.
Ein andrer singe meine Aufreihlieder;
ich folge Dir!

Hab lang genug mit knöchernem Scheitel
versucht, den Eisernen Berg zu spalten,
den Temur Tang, den meteorgebornen,
der stets aufs Neue sang:
im Innern der Natur
ist keine Zeit!

Dir folg ich in die Augenhölle
und in die Hundertsäulenhalle.
Durch eherne Wälder und Hügel, namenlos.
Und bricht auch Sturm hervor
aus schwarzen Trauben …
das wird erst morgen sein, doch heute
berausch ich mich an Deiner Augen Wollustwein!

Atemstille.

Reglos, inmitten lohernder Bäume,
lauschte Kalliope.
Aus ihrem Ärmel
schlüpften Lazerten.
Beteten züngelnd die Sonne an.

Sich öffnen,
                das ist es!
Sich öffnen dem Licht, dem Wort und der Weise.
O Janus,
        Janus,
                Gott des Anfangs und der Türen:

Gib,
    daß ich offen bin
für meinen Augen-Blick!
Nicht Jahre,
            Augenblicke
                    sind mein Leben.

Und eh ich mich versah,
war sie davon; Kalliope
                    in Kleidern aus Licht.
Und nur der Meerwind weiß, wohin.

4

Und Zeit kam zurück
durch den Mund des Verräters.
Denn lauernd lugte ein Winkelpriester.
Zeit brach herein, wie die Flut,
mit Triéren und Maskenzügen,
mit Wahn und Wucher
auf knatternden Flaggen.

Die eben noch summten,
die Bienenbäume, verstummten.
Der Himmel verwarf die Drachen der Kindheit.
Die sprechenden Steine, hartmäulig
schwiegen sie nun.

Milch quoll hervor aus dem Leichenacker.
Abulias Milch. Und mein Schatten wuchs.
Des Jahresfeuers Farbengeflacker
erlosch, und weither, dunkelnden Flugs,

kamen die Fledermäuse, die Träume.
Und hingen alsbald, die Ohren hinab
zu den Toten, wie Trauben im Nachtgebäume.
Und Lichter sprangen von Grab zu Grab.

Stumm wies mich ein schwarzer Gärtner hinaus,
warf grußlos das eiserne Tor ins Schloß.
Und da er zurückschlurft', ins Totenhaus,
versank im Meere das Sonnenroß.

Ich aber hatte den Atem zu wenden,
um jenseits der Schweigemönche zu länden,
wo Freunde mich zur Zeche drängten,

bis Meer und Schlaf im Weine sich vermengten,
bis ich, verlassend die Taverne,
zeitlos dahinschritt auf dem Grund der Sterne.

5

Maulsalven in den stummgebornen Morgen.
Da lieg ich hingestreckt,
zu früh geweckt – fünf Stunden noch,
bis mich der Zug nach Norden trägt! –
und höre, aufgebahrt, hinaus »ins Leben«:
Qwalstern und Taubengurren,
Hickhack auf Pflastersteine,
Räuspern, Pfiffe, Liederzeilen …

Der Wiederstrich des Immergleichen.

Und meinerseits ein Denken in Fragmenten:
Der Himmel? Fahl. Tot
heißt auf keltisch val.
O tote Himmelshalle,
welch leichenfahler Abschiedstag! Valet!
Weiß Gott, man hat mich viel zu früh geweckt.
Laßt mich doch schlafen, ihr dort
in Valhalla! Zuletzt
komm ich noch früh genug zum Zug!

…

Rasieren, waschen, kofferpacken …
Der Wiederstrich des Immergleichen
ergibt, das liegt wohl auf der Hand,
noch keine Lebenslinie!

…

Und dann zum Bahnhof. Fröstelnd
aus den Armen der heißgeliebten Stadt.
Eine kalte Schönheit,
wenn man zu gehen hat.

Kalliope?

Der Mund der Dame am Himmel stand
unerreichbar
für mich und die steinernen Engel,
die spritzgußweißen Handkußköniginnen,
aufgetürmt
überm Treppauf/Treppab,
über allem Türein, Türaus,
über dem Hallen
der vieltausend Schritte:
Kripp/Krabb, Kripp – Grab.

Und mein Blick sank zurück auf das Wasser,
fand keinen Grund im salzigen Sund.
Lauf folgt und Gegenlauf: das einzig Stete!

Durch meine Augen fließt der Himmel,
und mit ihm treiben meine Alphabete.

6

Nachts, da ich heimgeh,
bergauf durch den Stangenwald,
spricht mich die Alte an, von der es heißt,
sie trage am St. Thomastag
aufs Grab des Mannes Speck und Eier,
ob ich das Heulen höre, drunt im Tal?
Drei Kreuze schlägt sie in den Prall der Brandung
– ein Fallwind brach hervor aus blanker Sternenstille –
und hechelt, blind für jenen Raben über ihr,
der aus der Eichengabel streicht:
»Die Hel ist bei den Hunden!«

Dann, als ich abzweig durch den Perchtenwald,
indes ein Fuchs ins Grauen schnürt und lacht,
kollern, ich höre es, bei mir zuhaus'
die Mäuse mit Nüssen unter der Diele.
»Im Fehlboden tanzen die Kinderkaiser!«
hätten die Alten gesagt,
deren Sprache vergilbt
in staubigen Schinken,
derweil wir verhungern,
Hülsen im Mund.

Gleich werd ich den Schlüssel der Alten benützen.
Er hat einen Bart.
Einen Kleeblattbart.
Ich nehm ihn zur Hand und begreife
Das Ding als Geschehen.
Bei meinem Eintritt
halten die Mäuse inne.

Der Klopfkäfer
bricht sein Zählwerk ab.

Doch die Stille trügt:
Nichts hält den Gang der Dinge.

Der Tisch weint Heliadentränen.
Und Tauwind höhlt den Biberstein.
Der Augenfalter,
starr auf kalter Wand,
wird seinen letzten Tanz beginnen,
sobald ihn mein Kanonenofen weckt.

Und ehe noch
der unsichtbare Ast, auf dem ich sitze,
ein Gedichtblatt trägt,
pickt wieder
im Gebein der Dinge,
im Truhenholz
die Totenuhr.

Reisenoten

»Gedichte gehen nicht!«
nölt der Buchhändler.
»Ja«, sag ich, »sie fliegen.«

Nachtstück

Der Himmel wirft Netze aus. Grätengrell
flattern Fassaden. Statuen tanzen.
Kuppeln und Phallen zucken. Mädchen
lachen elektrisch. Augenfunken. Zähneknistern.
Magnetische Seide …

Dann wirkt der Wein.
Mit blödem Blick durch Labyrinthe.
Das Pflaster schlägt im Hirn.

Von wegen: Pirouetten und Harlekinaden!
Harmonikaschwindel. Fledermaushuschen.
Ratten auf Marmorblenden.

Ein Sarg voll geschminkter Leichen
taucht unter Katzenbrücken.
Bronze gongt.
Herzlohe abgefackelt.
Der blinde Dandolo
grinst von der Wand in Totenträume.
Durch das Geweb
von Blitz- und Schattenfäden
singen Mücken ihren Weg zum Blut.

Arioso

Faulbruch und Mauerfraß.
Und Neptun
– Gaieochos: Der Erdumarmer –
steigt fletschernd über letzte Algentreppen.

Er wirft der Königin
– »Hab ich dich endlich!« –
vielhundert Spiegel in den Schoß.
»Blick nur hinein!« So höhnt er durchs Imbroglio
der Stimmen, Wellen und Motoren.
»Bald sinkst du nieder und bist mein!«

Venezia,
deren Wimpern Baldachine sind,
sie lächelt müd aus weißen Augentoren:
»Dein altes Lied, Neptun, ich bin es leid!
Liegst mir seit meiner Jugend in den Ohren!
Nun also – eine Greisin – werd ich dein.

Doch bilde dir nicht ein,
Dir sei der Sieg gelungen!
Stürmischer Narr,
ich hätte dir noch lang getrotzt!
Nein, meine Unbill rührt von Augenlosen,
die, jeden Schein für bare Münze nehmend,
jeglichen Sinn für Maß und Form verloren,
die mich tagaus, tagein bespeien,
mich unter Ozeanriesen zwingen
und dir – zu allem Überfluß –

das Wälzebett bereiten.
Wertblinden Raffern, die, um Geld zu machen,
die Welt in puren Kot verwandeln, und Kot
den eignen Kindern in die Wiege legen,
ihnen, die Schönheit nicht bewegen,
sondern nur reizen kann, zu lachen,
verdankst du meinen Tod!

Doch wisse,
da ich niedersink
mit meinen Kirchen und Arkaden:

Die mich in deine Arme trieben,
sie werden morgen dich
– führst Schaum im Munde,
spürst es zur Genüge! –
das große Sterben lehren.

Fettaugen starren in die Himmelsrose.
Die Sonne taucht – ein Omega –
in Schwaden Gifts und der Zephir haucht Gas.

Die nicht mehr fähig sind, zu lieben,
weil sie sich dem Profit verschrieben,
veräußern sich und ihren Lebensgrund.
Was zählt mein Ende schon
vor solchem Selbstbetrug?!

So nimm denn meine spielenden Fassaden,
die Marmorbrücken und die Tränenkrüge;
nimm, was der Mensch aus seinen Träumen las
und was er schuf in dem Bestreben,
dem Augenblicke Bleibe zu entbinden;
nimm, was er formte, als er sich zu finden,
den Stein belebend, seiner selbst vergaß!«

Augenballade

Freierdings zu schenken
Länder ohne Walte, sinnt er
Schattenfall oder Traubenschein oder
Überhelle, führt er – leichterhand?
oder mit dem Wink
nur seiner Braue? – Istrisch
Rot, büffelschwere Brache, vor ein
Abendblau oder gänge Straßen
in den Höhenrauch.

Hügelauf, talein, unverstörte Feste,
Weitschaft, Lustrevier; Blütenwelle hier,
dort Machandelflamme. Weglos
unterm Mittagsadler das Memento:
Schutz und Trutz hinabgewittert.
Glutbruch. Schotterbrot. »Später«
Ernte lachend, weiß er:
Ruhm und Ruhe wohnen nicht
im selben Haus, und Gedächtigkeit –
Immer sproß ein Stern aus deinem Auge.
Immer trug ich Wolken auf den Bühel.
Immer lockt' ein Wendschatz fort, ins
Niemandsland – narrt den Fünfzehnhut,
dessen Zunge Zeit, eitellötig
Zeit, kleckert Zeit ist Geld.

Kardelblau dagegen! Fruchtrotunden!
Wo doch alle Tage auf den Tod zulaufen,
und der letzte langet an. Wind und

Grasgesang! Denn die Sinne lügen nicht.
Nur das Denken, seine Wollung,
mischt den Trug. Wahr indes
die Farbennacht. Wahr der Rätselturm.
Wahr die Gartensarabande. (Modegecken,
Spekulanten, Gräußlern seit jeher
»viel zu wenig«.) Wahr die
Augenlände. Sinnliche Gewißheit, ja.
(»Sinn des Lebens«? Pöbelmythe, Bla.)
Wahr der glauche Horizont, über den
Pinien und Zypressen ihren Tagtanz enden.
Und allnun das Lichtgestein,
dem ein Quellgebirg erwächst,
ichtwan so gewölbtoll, einen Luftbaum
aufzugipfeln, daß sogar die Segler zagen;
quirrend sicheln sie hienieden
bis der sore Wind vertrölt.
Dunkel droht die Gegenfuge, Grund
und Grat, wider den Gewitterkopf:
Deine Blitze brechen wir!
Freierdings zu schenken ..., klingt
das Echo her, Länder ohne Walte ...
Wo das Wort verweht,
mag ein Bild noch sein.
Mangelfarb? Jedem ist die letzte Zeile
vorgegeben, sondertraut die
Ödung, taumelndes Gestäude ...
Aber ...? He! Klafft
das raume Herz? Reißt

ein Turl von Grün die Karststadt hin?
Irrsprung des Kobalts in den Nachtorkan?
Querab zu geweilen ist nicht möglich
im Gewimmel? Doch?
»... vom Dreiweg sichre Zeichen«?
Sei hirtig! Der Magnetstrom,
der die Träume richtet, lenkt auch dich.
Explosives Chlorophyll
muß wie er gebietet; alsgemach.
Gleichschwebe aller Wirbel nun.
Dolinensog?
Wohin entsank das Dörflein Klagenie?
Fabelzeit? Fürwissenheit?
Oder Geblenst, darein er sich verlor,
»... im Bilde zu erlösen«?
Geh, frage den Wacholder,
Narr! Der gilt als weise, du Wörtelwitz,
in Distelblitzen notgestachelt, von
Wirrgewinden, Zickzackgittern kirre,
entbinnen Stundensand die Zähne grinnt.
Überwirl? Beklemm in dieser Felsenkehle?
Aufruhr der Sinne? Vipernfieber?
Würfelgestalt, die sagen möcht, und
Steinwelsch radebrecht und Waldlatein?,
»... engsetzend deinen weiten Namen«?
Nein, sing das jedem, der's nicht hören mag:
Mundus vult decipi. Satiusque *MORS*.
Die Welt will betrogen sein. Auch *DER TOD*.
Das erste ist leicht, das letzte schwer.

Allein
wes Liebe Erde mischt *und* Himmel, des
Lächeln schickt uns Schwalben übers Grab.

Planetarisches Salz

Schiffunter kam ich zur Welt, grüner Grimm,
Salz in den Mund des Täuflings, Weißwut,
himmelhöhnende Gipfelzeilen. – Salzbiß
und Schreck zu Gischt und Sturm verzischt:

»Mein Leben das mich flieht mir folgt und
enden wird am Tag meines Beginns …« Zufälle
des Lichts, ein Blick nur, angefallen vom
gierigen Salz elterlicher Augen: Sa il suo

sangue di sale e sa d'agro è dolciastro
essendo sangue. Nach Salz schmeckt sein
Blut und sauer und ist doch süß, weil es
Blut ist. Umgetrieben – fern, in den Schläfen

das Echo des Fundamentschritts. – Die toten
Stimmen sind verwandt jener Brandung –
Flüsterfuge, Zwielichtzweifel, ob die wild
gewaschenen Kollertrolle, schwarz glänzend

über mir, der Wasserwucht widerstünden oder
ob sie hereinbrächen, salzblind, windwund,
überstürzt, und mich samt meines Bettes Kahn
einstampften. Zu den Sternbildern

unterirdischer Himmel. Ins gebankte Salz.
Nicht willentlich, nein, ›nur so‹, wie ich
jüngst, nächtens im Garten, das mineralische
Gehäuse einer Schnecke zertreten habe,

panisch vor einem Gewitter – Blitze spalten
das Hochhinaus! – verflucht, selbst dort noch
zu töten, wo wir's nicht wollen, Auge, ja,
aber nie genug Gott Wölbung für den

ungewissen Stern des Salzes in der
Verdunstung, welche die einzige Einsicht
hier ist, die weiß und die beweist: Der Wind
mischt unserem Wein das Salz der Toten bei.

Es ist in unseren Tränen und im Ozean.
Und nährt die rasche Bitterigkeit des Zorns,
nicht erst seit der tausendschlündige Schrei
fortwährenden, Mord lehrenden Fraßes mich

ins Salz gerissen, Auge aus Himmel und
wehenden Kristallen. Sibi turba, sich selbst
eine Menge, das Meer. Wie Großvaters Mutter es
abmalte in einer Galerie zu Königsberg. ›Omama‹?

Falbes Haar und ein flüchtiger Blick aus dem
Strandkorb; das Nachbild. – Lots steinerne
Sippe, salzen und gelb, das ist euer Familienalbum.
Kinder! macht eure Rechnung selber mit der nun

für Sodom gehaltenen Stadt. – Eine Ausblühung
hinter dem Salzhaff? – Via salaria, daher?:
Das Meer, der große grüne Gott, der seine eignen
Kinder frißt, der rülpsende Herr Zebaot ... Die

salze Luft meines Liedes? – Das Salz muß sich
nicht selber loben!, Lied, das nur sich beschwört
aus der musikalischen Tiefe des Raums,
phantastische Brise, Kranichzug, Nordlichtkrone,

Flammenalphabet. Für ein verläßliches Wort:
Farbe, Form und Klang. Bejahung der Sinne. Wider
das bild- und bodenlose »Die Sprache ist Ertödtung
der sinnlichen Welt in ihrem unmittelbaren

Dasein …« Theriak dagegen!, sengendes, ungestümes
Salz des Bion. Wider den Geist, der stets
vermeint. Bis in »das sittliche Moment des Krieges«:
Überhelle. Licht der Bombe, das Schatten in die

Mauern brannte – Salz der Gewitter, der steigenden,
sich lichtenden Asche zerstobener Welten des
Wahns. Bescheidener, genauer; ubi amor ibi oculus:
»Diese Art vibrierender Bitterkeit des Grüns …«,

dieses »Wie gut man spricht, wenn man ins Leere
spricht.« Dieses Tränenschwer der Tau,
abendschwer das Salz. – Ja, steile Nacht, dorthin!
Grobe Sterne, Himmelsstrahl – auf der Axt

wie Salz ihr Licht? – Dem Tod zum Trotz und
Widerriß! – Weil ich sie verriet, diese salzigen
zärtlichen Lippen? – Salzgleich schimmernd
liegt mein Gewissen ausgestreut. – Des Leibes,

jener Handvoll Erde? – »Bleibt kein Land
mehr übrig, so lodert vom Blick uns der
Ozean auf!« – Landaus die Augen, Algengeschling
in den Händen, salzhell vom Schaum …

Schön zu sehen, doch schrecklich zu sein?
Grausamer Sterne Salz-Befehle? – Auch
im Haus hat jeder Winkel seine Tränen. –
Unter der salzigen Ferse des Windes bleibt

fest das Lot, gefügt in das tanzende Deck,
und der Seefahrer in unbändigem Durst nach
dem Raum … – Gib! Was gab man denen?
Gift und Ohrpfropfen und ein Salzgrab

an der Rindertrift. Dennoch, »… bis in den
Grund des Wagens wird die Morgenröte dringen.«
»Dort, irgendwo und irgendwann,
an einem Berg, an eines Flusses Lauf …«

In der Waldnacht? Beim Irrlicht im Niederbruch?
In der Sumpfgurgel, glorksend unterm Quellmoos?
Totenkopf von der Farbe des Salzes mit dem
Blick eines Käuzchens? Oder am Leusch,

Abendblut und Fächerwind am hägernden Strom?
Der trägt keinen Namen. Aber den Mond
und das Blatt. Zu weilen. Ja, dorthin,
Adamowitsch! »… vielleicht auch hinter

knarrenden Rädern, im schrägen Regen,
in gewohntem Tritt, und tief der weiße unendliche
Himmel …« So – jedes Wort ist Lüge und Ich
desgleichen – lächelt Salpientia des Lebens

Bitterkeit hinweg. Und das Auge – kein Gegenüber
ohne Blick – erkennt die Schliche des Todes;
via salaria: Nicht schwatzen *von* Empfindung,
sondern sprechen *aus* Empfindung. Salpio, ich

fühle – – – durch den Haarriß, den Scheitelsprung.
Mit murmelgängigen Wassern unter den Block
von Schwärze. Inndächtig. Der Traum von einem
hellen Hier. Doch nur die magische Mutung –

»Knirschend ergab sich alle Gegenwart« – öffnet
den Salzdom: O Widerschein der Morgenröte,
gekürnt und voll von Libellen; der Brocken
Salz auf meinem Schreibtisch. Miteins!:

»Der Zeiten irgendeine rufe ich
und trete ein – sie wird Behausung sein.«
Dort hinter den Steppen, der Kaspisee,
bei Mangyschlak und Kara-Bogaz-Gol;

schwer von Salz die roten und grünen
Fluten … Weiter! Über die Salzgletscher,
gen Tuva. Wo sie gesalzenen Milchtee trinken
und Lieder gepreßten Salzes singen,

den Schattenchan zu bannen. Und mit den
Karawanen die Kunde vom unsterblichen,
vom Endkrystall: Bei Agrigent – Salz,
das dem Feuer trotzt *und* aus dem Wasser

springt, »... ex aqua exilit«. Nein, nicht
zu haben an der Mündung des Borysthenes, wo sie
Sklaven tauschen gegen Salz. Und für einen
salzigen Kuß sprang der Aufschneider

al-Gauhari vom Dach der großen Moschee zu
Nischapur. Unter jeden Arm einen Türflügel
geschnallt, daß sie ihn durch die Lüfte trügen.
Und wahrlich, sie trugen ihn hinüber

ins Schattenreich ... Weiter, Salarius,
weiter! – Salz ins Meer? – Nein, Salz zum Brot!
Bis Gerrah: Wälle und Häuser alsand von Salz,
die Quader mit Wasser gebunden – »Licht

steingewordenen Wetters ...« Ging ich mir
weit genug? – »Das All verengt und weitet sich
im Rhythmus eines großen Herzens.« Nun,
Menschenwort mißtrau ich von jeher. Doch

sagte die Wacholderdrossel Gott, ich glaubte
ihr sofort, Auge – belebt vom alkalischen Nein –
ausgewölbt und bestirnt, Osmose singender
Salze: Nichtbrennbares Salz meiner Gedanken,

wird es vertan als Phönixasche, Höllenschmalz
flüchtigen Größenwahns? Das Absolute ist
nichts als Frage, Dichtung und Wahrheit
jede Erinnerung – … wo der Salzstein die

einzige Rose ist. Und darum … »… vielleicht
auch später, und viel weiter, weiter,
ich weiß nicht, was, und ich versteh' nicht, wie,
doch irgendwo und irgendwann, ja, sicher …«

… bis ein Brecher hereinkam   und in Wirbeln
tönenden Salzes   jeder Gedanke   an ein Echo
aus Wandelgängen des Schädelbaus   ichverlöschend
zerging   auf bittergrüner Zunge.

krk

»kahlmatien« raffzahngrinnen
steinerne flüche und dieser
vogelschrei der ausbleibt bis heute

seit jahr und tag
weiß ich die möwe stumm
nicht einmal schrie sie den
namen der weißen insel hinaus
zu ihren weißen schwestern
deren optischer tanz
mich beschwingt – freiheit
lichtmeer – und alsgleich
bestraft – des blickes tagnacht
augenpein – sobald ich
die weiße möwe seh'

dort auf dem weißen
balkon des weißen hauses
an der weißen bucht:
drei hüpfer hin drei her
im angesicht der weite
drei hüpfer her drei hin
dies weiß auf weiß …
vor einem fischmaul von
steingreis in weiße jahre
verbissen   und wenn die seele
nichts als ein alibi wär'?

drei hüpfer hin drei her
mit abgeschnittenen flügeln
weiß das die sonne verfinstert

Ansichtskarten aus Wales

Erfahrungstexte

Bristol Channel. Oktobersturm

Bristol Channel. Oktobersturm im September.
Ob ich für die Vergesellschaftung
der Produktionsmittel sei,
fragte mich, während sich unser Dampfer
durch die Kreuzsee wühlte,
ein scharfrichterlich dreinblickender
Altkommilitone mit Karl-Marx-Bart,
Brechtkäppi und sehr sehr sympathischem
(man soll ja nicht voreingenommen sein gegen die Typen!)
Mundgeruch.

Jawohl, sagte ich.

Wie weit ich denn bereit sei,
und zwar konkret bereit,
dafür zu kämpfen,
verhörte er mich weiter, zunehmend gestreng.

*(Na warte, Bürschchen, mal sehen, ob du unseren sogleich
vertauschten Rollen gewachsen bist!?)*

Lir im Ölzeug, sehen Sie, sagte ich.

Wer ist Lir?

Der keltische Poseidon!

Was soll mir der!
Weichen Sie mir nicht aus, herrschte er mich an.
Zur Sache, wie weit sind Sie bereit …

Als Unternehmer,
antwortete ich jäh und schneidend
(den schlagartig veränderten Blick meines Mitmenschen
genießend: armselig, wie er da versuchte, meine Finanzdecke
aus den Äußerlichkeiten meiner Textilien herauszulesen),

als Unternehmer, wiederholte ich *(die Zeit für mich*
arbeiten lassend),
und zwar
(Kunstpause)
nicht nur als einer, der sich freuen darf
(Bedeutungsstapel hoch),
hier und heute
eine Reise
zu unternehmen …   *(jetzt war er schon derartig*
eingeschüchtert, daß er nicht einmal die Freiheit hatte,
meinen Kalauer zu belächeln)

als Unternehmer   *(alles Gute ist ein Triumphirat!)*
von sozialer   *(leichtes Schnaufen)*
Verantwortung
habe ich
meine Produktionsmittel
bereits seit Jahren
zur Mitbestimmung

freigegeben; aber … *(nun blickte ich wehmütig bis verbittert über die sudweiße Wüstung: Phase des großen alten Mannes, der resigniert hat. Tiefes Einatmen der Seeluft, getarnt als Seufzer, Abwinken)*

Aber? fragte er.

… ich sehe schwarz.
Zu wenige
haben erkannt,
wollen erkennen,
daß an einer Produktion,
mitbestimmend,
nur teilhaben kann,
wer selbst produktiv wird!
(Altes Goethewort übrigens!)

Crash, schlug es gegen die Bordwand, crash.
Die Lichter von Swansea tauchten auf. Möwengelächter.
Beim Klingelingeling der Schiffsglocke
setzten sich, wie aufgezogen, automatenhaft
Koffer und Kisten schleppende, arbeitende Massen
in Bewegung.

Verstört, doch annehmbar höflich jetzt,
fragte mein Gegenüber, wie viele Leute
(oder sagte er Arbeitnehmer?)
mein Werk beschäftige.

Das weiß ich nicht,
antwortete ich, unsereins
kann da nicht mehr mitbestimmen.
Und was stellen Sie her?

Lieder, sagte ich, Gesänge. Und ging
mit gespielt müdem Gruß.

Während wir den Anlegesteg hinunterwankten,
Wellengang in Rumpf und Gliedern,
hörte ich ihn zu einem Weggenossen sprechen:
»Det war irgend so'n Schallplattenfabrikant.«

Denkste! sagte ich schallend.
Er wandte sich um
und blickte so erschrocken drein,
als sei die Revolution ausgebrochen.

St. Gowan's Head

Fließende Kehrreime zwischen den Klippen:
Ewigkeit singt Lieder ohne Worte.

Ich armer Tropf
hab Sehnsucht, mich im Meere zu verlieren.

Ah, das Luftsalz!
Und, oh, die Kugelung,
olivgrün unter mir!

Hinausgehoben,
entgrenzt,
eins mit dem Adernschlage der Gezeiten,
treibt unter Grund
mein Sollen und mein Wollen.

Ein Möwenblitz.
Und Himmel deckt mich zu
mit Brandungsgrollen.

Der Überläufer

Komme aus den Nekropolen,
aus den CocaColaStädten,
wo Unform regiert,
wo die Blume eine Lüge
und der Baum des Todes ist,
weil sein zeitweiser Blattfall
die Öffentlichkeit gefährdet.

Komme aus den Gräbergängen
himmelschreiender Öde,
geleckter Auslagen – genormtes
Gequäke, Träume aus Bakelit,
preisgünstigste Freizeitgedanken – ,
aus Kanälen geschleckten Gewörts
glattester Gesichter.
Die Sterne sind dort näher
als ein Lächeln.
Von dorther komme ich.
Und also fern
vom Luxus einer Stimmung.

He, Ihr, Schreitvögel,
so unendlich gelassen
im Tosen der hohlen See:
Nehmt mich auf,
Eure Würde zu lernen,
Eure stoische Ruhe!

Habt Ihr in Euren lichten Reihen
nicht Platz für einen Überläufer
ins Lager der Kreatur?

Verflucht,
jetzt werfen Buben vom Kap
Steine nach ihnen.

Aber, das ist der Wahrheit großer
Augenblick, ist die Sekunde aller Form:
Ohne Hast,
der johlenden Meute nicht achtend,
gemächlich,
einer nach dem anderen,
heben die Vögel ab,
zeitlos
fernhin zu schwingen.

Mit ihnen
meine Träume
von einem öffentlichen Leben
der Schönheit.

Selbstlos

Für einen weißen Dampfer
ist das Meer heute zu wild.

Auch schaut meine Großmutter
heute wohl kaum
vom Himmel herab.
Da ist kein Fenster.

Von den Bergen weht Schweigen.
Wind zuckt in den Dornen.

Der Hand Gottes entfallen,
zittere ich,
daß mich sein Fuß
zertreten könnte,
bevor mir einfällt,
für wen oder was
sich beten ließe.

Anflug

Ein lichter Vogel
schwebt herab
über die Wasser.

Vergeblich
müht er sich,
Fuß zu fassen
auf einem Stück
Treibgut.

So manche Leute:
erregen Aufmerksamkeit,
wecken Hoffnungen
(endlich ein bißchen
Farbe in der Wellenweite,
ein kleiner Halt
im kalten Grau!)

dann jedoch
gibt man auf, muß weiter.

Ein Anflug von Geist,
aber keine Landung.

Vielleicht die Ausnahme

Der Stein im Dünenhafer
explodiert: Sperlinge
schwirren auf und davon.
(Bin ihnen wohl
zu nahe gekommen!)

Silbermöwen,
die mich hier
nicht erwartet haben,
kratzen eiligst die Kurve;
ffffhuiii,
schwindeltief ins Gekliff.

Sogar der milchmilde Engel
über der Cumulus-Balustrade
dreht ab.

Verstehe.
Menschenkenntnis.
Dabei wäre ich vielleicht
die Ausnahme – heute.

Der Brecher

Über das Knochenbett
wankend im Rammlied
der See, beschossen
vom Distelwind, sang er
geschlossenen Munds
erstarrbende Zeilen
städtischen Hartsinns,
bis
ein Brecher hereinkam
und in Wirbeln
tönenden Salzes
jeder Gedanke
an ein Echo
aus Wandelgängen
des Schädelbaus
ichverlöschend
zerging auf
bittergrüner Zunge.

Stack Rocks

Dort, wo wir standen,
bleibt niemand klein.

Wir warfen eine Blume hinab
für die Toten in der Tiefe.

Aber das Meer
gab sie zurück.

Noch immer sehe ich
der Blume versterntes Lächeln
in der Straßenschlucht,
wo sie Leben spielen,
ebbend und flutend,
hingerissen, hergerissen,
gestaut, gequirlt,
hinuntergespült,
heraufgepumpt,
ausgespuckt,
geschottert, geschlackert,
zerfetzt und besudelt,
bis sie hinaustreiben,
die Gurgeln voll Kot,

oder hängen bleiben
in der Donnermühle,
verendend in Krämpfen,
und manchmal noch kotzen
wollen und nicht können,

so leer, so leer,
wie sie sich laufen ließen.

Abendküste

Abendküste.
Fern,
in den Schläfen,
das Echo
des Fundamentschritts.

Hab im Dünenschutt

Hab im Dünenschutt der Stunden
einen Vogelleib gefunden,
und das Köpfchen, augenleer,
abgetrennt, lag nebenher.

Schau mich, Mädchen, nicht so an,
weil ich's nicht ertragen kann!

In den Wind gesprochen

Unnützes Wissen?
Bildungsballast?

Wind, du alter Ohrenbläser!
Was hast du denn da wieder
aufgeschnappt, drüben, in den
Nutzmenschenbatterien?

Zugegeben, jetzt,
da ich mich bereite, Träume zu kosten
aus dem gestirnten Kelch der Nacht
von der Farbe der Venen,
weiß ich nichts anzufangen
mit dem Westfälischen Frieden,
den Einbrüchen der Schlüsselsoldaten,
dem Kampf der Siebenstädte
und der Sator-Arepo-Formel;
auch nichts
mit den täglichen 14 000 Tonnen
Massenzuwachs unsrer Erde
durch Meteorstaub
und der Welteiweißlücke!
Doch morgen?

Ohne Fakten, geschwätziger, leichtfüßiger
Wind, läßt sich nichts zusammenschauen,
wölbt sich kein All.

Zum einen. Und zum anderen
sind da noch die Eingebungen
gewachsener Lebenserfahrung:
Heute morgen – und dieses Ereignis
verdanke ich
einer alten Kladde Griechische Geschichte –
heute morgen
sah ich mehr
als nur
einen großen Baum
mit Schlinggewächsen. Nein,

vor mir
im Frühlicht
rang,
von Raben umwölkt,
die Laokoon-Eiche.

Heile Welt

Die Buchenschlucht hinunter,
auf schwankenden Stegen
von Wolke zu Wolke setzend,
mit einem Schattengänger
in den sieben Himmelsteichen,
und durch den Farnwald
wieder hangauf.

Singvogelsang im Weißdornfeuer.
Schlangenzeichen im Brombeergerank.
Da, unter des Weltenbaums kupferner,
windklingender Krone,
bannt mich ein Feenring.

Wer ihn wohl noch zu schauen weiß,
durch die Augen der Altvorderen?

No, a circle of mushrooms
and a ring of a fairy, it is
not the same –
werd ich am Abend
im trauten Guest-house sagen,
das mechanische Why
meines Nebenan überhörend,
zugunsten einer heilen Welt
im schönen Schein
elektrischen Kaminfeuers.

Pembroke Park

Im besonnten Flug der Blätter
schreite ich mit all den Bäumen,
die jetzt in den Winter gehen.

Erdling mit den dunklen Träumen,
Grübler aus den Nebelräumen,
laß dir doch vom Gold des Herbstes

eine Handvoll Münzen schenken.
Streu sie in den Fluß und sprich:
»Charon, die hier nimm für mich!«

Dann zieh weiter, ernst und heiter
mit den Blättern; kreisend, blinkend,
lautlos leuchtend und versinkend.

Sonst nichts

Unter dem Flüstergewölbe
des Pembroke Parks
weckte mich

eine Totentrompete.

Blauschwarz ihr Ton,
stockte der Atem.

Was ist das,
worin ein Ding
zu seinem Bild wird?

Die Eichenkundigen,
wußten sie es?

Über das menschliche Gehirn
sind tausend Einzelheiten
bekannt,
sonst nichts.

Szenenwechsel

Der Schattenkönig naht.
Sein Szepter schwarz, die Pappel.

Kurztagetouristen
fliehen in den Bus.

Fort schnorrt er. Kulisse
wird wieder Landschaft.

Mein Herz, was stichst du?

Piäh!   Piäh!
Ein Bussard am Quecksilberhimmel.

Nach deutschen Fliegern spähend,
stand man hier oben Wache;
auf dem Normannenturm
der Kirche von Bosherston.

Piäh!   Piäh!
Und Pawong, Pawong, plak-plak-plak-plak!
von Westen über die Felder:
Auf dem internationalen
Truppenübungsplatz zu Warren
feuern junge deutsche Panzerschützen.

Drunten
über der verschlungenen Wegewelt
irische Kreuze.

Da ich hinausgehe,
raunt so ein Malstein:
Einen wie dich
hat man draußen verscharrt, heimlich,
im Drudenwind.
Er hatte gesagt: Feinde
laß ich mir nicht vorschreiben.

Sein Grab
wurde nirgends gefunden, aber
sein Herz
schlägt überall.

Aufblickend,
seh ich den Bussard stürzen
ins Feld und klaftern.
In seinen Fängen
ein piepsendes, zuckendes …

Mein Herz,
was stichst du?
Bist du etwa doch
parteiisch?!

Anstelle eines Briefes aus Aberystwyth

Ach, geht mir doch mit euerm Fortschritt!
Was sollen mir
all die technischen Errungenschaften,
wenn sie nicht auf den Markt kommen?!

Seit 20 Jahren zum Beispiel
suche ich einen brauchbaren
Füllfederhalter.
Aber

der mit der guten Goldfeder
läuft aus *(bevorzugt in der Westentasche)*,

der mit dem regelmäßigen Tintenfluß
streikt beim Anschreiben *(futsch ist der Einfall!)*,

und jener mit dem nichtakrobatischen Füllsystem
liegt unführig zwischen den Fingern *(der Designer war vielleicht schon ein Roboter mit Hakengreifern oder Saugklubben)*.

Geha, Pelikan, Senator, Diplomat, Mont Blanc:
Thema mit leidigen Variationen, bis in die oberste Preisklasse!

Ja, ja, mag schon sein,
daß ich eines traumhaft schönen Tages,
wenn die Stunde hält, was die Werbung verspricht,
das Benötigte finde.

Dann
mag man meinen Widerruf, bitteschön, per Satellitenfunk
in Stereo verkünden!

...

Sie meinen, ich solle mich bis dahin
mit einem Kugelschreiber begnügen?

Tut mir leid! Entspricht nicht
meiner Handschrift. Und es ist auch
keineswegs elitär, zu antworten:

Nein,
Sie Sklave des Pfortzschritts,
bei solchen Erfahrungen
geb ich mich nicht her
für einen Kuli!

Aurora in Weißnichtmehr

War's in Handy? in Staylittle?
Oder in Hundred House?
Weiß nicht mehr.
Erinnere mich aber noch recht gut
den Mann im Overall, wie er
aus der Kate in die Morgenröte
schritt, innehielt, durchs Gärtchen
eilte und rasch noch, bevor ihn
der Werkbus schluckte *(Hammer und*
Sichel aufs staubige Karossenblech
gefingert, die Kollegen oder Genossen
belachten seinen Faustgruß),
ein Abschiedsküßchen
aus dem Fenster pflückte.

Während meines Kartenstudiums
bemerkte ich den Weg
eines anderen zu ihr.

Was geht's mich an? Devil's Bridge,
Oakley Park, King's Point, … so ungefähr,
als eine Bö das Fenster aufwarf.
Ein Schwanenhals, ihr weißer Arm,
die Hand graziös, Zeigefinger, Mittelfinger
und Daumen als Schnabelpartie,
schwamm aus dem Dämmer. Bumms,
ist das Windloch wieder zu.

Die Karte gefaltet, trabte ich weiter,
nicht allzulange von dem Gedanken begleitet,
daß es schon einen Unterschied macht, ob man
als Revolutionär oder als Ehemann
gegen bestehende Verhältnisse ist.

Sozialreport, welsh

Die Toten essen bitteres Brot
und trinken brackiges Wasser –
las ich bei einem antiken Dichter.

Demnach
speiste ich mit Toten
über den Gruben Glamorgans.

»Wir dort unten«,
hub so ein Toter an zu erzählen,
»dreitausend Fuß tief ...«

Überm Kauen
entfiel ihm, was er
zutage fördern wollte.

Bedrohlich auf seiner Stirn
schwoll schwarzes Geäder.

Cambrian Hochland

Mondgebirge. Kraterseen. Versteinter
Wellentanz.
Flechten, Bittergras.
Was höher hinaus will
als fußhoch, reißt der Wind.

Seine Braut, das Regenweib,
tränenblind vom Salzmeer,
unterwirft sich ungestüm,
zerfetzt mit blasigen
Wasserhänden
die neugebaute Straße.

Dort, in Zeitlupe,
kommt ein Mensch.

Sein Gehirn, sorgsam abgedichtet,
birgt einen Baum.
Wird er ihn durchbringen?

Mergelnd das Felsenbein,
rast Wüstenwind.

Tretower Ballad

Wird sterben durch Schlangenbiß.
Nein, nein, nein, sagten die Vaughans,
das darf nicht sein! Und sie sperrten
ihr einziges Kind in den Bauch des Turms.

Draußen leuchtete lindgrüne Hut,
harfte der Wind, befragten die Raben
den Kronrat der Eichen;
oder es geisterten Nebelfrauen.

Doch einmal, einmal gelang es dem Kind,
hinaufzuschleichen ins Zinnengezack.
Da steht es, die Augen voll Tränentau,
und lauscht und staunt in den Sternenbaum,

ästend ins All.
Ein Wissen blitzt auf, fällt nieder,
ein Stern, hinter die stummen Hügel.
Erstmals kalt haucht Nacht.

Go down! metallt der Wachsoldat.
Er stößt das Kind in den Treppenschacht.
Ein Käuzchen klagt. Ein Hund schlägt an.
Dein Abendmahl steht drunten bereit!

Dann fallen die Riegel, verhallen Schritt und
Schlüssel. – – – Doch was ist das im Fackelschein?
Ein Block von Schwärze neben dem Krug.
Der glänzt und starrt und wächst und grinst

und schwillt und ruckt mit dumpfem Klang
und droht nun schon, ein Mahlsteinton,
des Raumes Rund zu füllen. Und dröhnt
und dreht sich und finstert heran …

Das Kind in Not, im Schrecken kühn,
umfaßt den Laib, beißt
in den Tod: sieht noch im Sturz die Schlange
sich ringeln aus dem Brot.

Die Morgenschöne

Die Morgenschöne
von Llandeilo:

Wangenrot
in einem Gärtchen
trauriger Gestirne,
Astern.

Sie suchte meinen Blick
mit Mandelaugen.

Da wir uns fanden,
abends, war ich bereit,
Brot und Traum
mit ihr zu teilen.

Sterne kühlten
meine Hände.

Aber ach!

Eintretend in ihr Haus,
bemerkte ich
unechte Munterkeit.
Es süßelte.

Licht an und Knips,
mechanisch,
auch die Mattscheibe.

Sollte schon alles
gesagt sein?

Aufblitzte ein Colgatebeißer,
kommentierte wahnsinnig,
wie sonst immer nur
bei Hockey-Meisterschaften
und Lincoln-Werbung,
eine Jugendbewegung
in den Tod.

Abschied
mit lilienmüdem Mund.

Sie giekste
wie die Puppe meiner ersten Liebe.

Ich legte sie auf den Tisch.
Aus ihren Lippen
kam Sägemehl.

Notwendigkeiten

In Siebenmeilenstiefeln
gehe nicht! Du verfehlst es.
Oder du trittst darauf, dann
ist Laugharne zerbrochen.

Unterm wolkensüchtigen
Wetterhahn, die Zeiger der Uhr,
stehen alle zwölf Stunden
goldrichtig.

Die Spielzeugstadt schläft.
Es schläft der Schwan in der Bucht,
der Burgturm, ein alter Mann
im Gehen. Und es schläft,

unterm Kopf die »Carmarthen Times«,
der Fahrer eines Lasters aus London.
Die Hauptstraße ist ein Gäßchen,
zwei Fuß länger als die anderen.

Aus dem besten Fenster
schaut, umrahmt von Töpfen, Teetassen,
Korkenziehern und Büchern,
die er geschrieben hat,

Dylan Thomas, als er noch jung war
und leicht unter den Apfelzweigen.
In Augenhöhe ein Pappschild:
Necessities.

Im Böhmischen Meer

Im Böhmischen Meer

Die Dünung dampft. Der Himmel träumt Granit.
Bittlos. Hinriß in taube Weiten. Nein,
dieses Meer kennt keine Küste. Du gegen Abend
schick dich drein, befreit von Name und Gestalt,
alleins zu sein, bergtief verworfen, jäh
erhoben, Zeile des Zorns auf knirschendem
Geschliff: Erdiger Mensch, Ziel und Warumbe
werden mit dir vermahlen. Wo niemand spricht
ist Paradies. So tauche ein zu Schloh und
Schauer, denkender Wald, Spiel und Verwandlung
selbst im Gangsteig noch. Gewanken. Dolm. Gäriger
Wirbel. Die Augenflut nachtblauer Biotite.
Laum. Gebeinfeld. Nebelschiff. Wipfelgewog und

schwarzer Taumel auf die Kimm. »... 's ist fahr!«
Gemurm und Glumm der kolkenden Mäander,
kaltsinnig im Beklemm der Felsenkehle. Echofuge.
Schlangenschläfe. Wetterstirn, hartbännig,
wo die Trugwelt schreckt mit Panzerechsen, glurend
aus Stein und Rinde. Homer der Farne und der
Distelketten, kein Anker ist zu lichten!
Bemooste Bäume stemmen Wasseräste, die Takelage
vager Hoffnung, zum Grau ins Grau.
»Vergebung bitte für mich Blinden, der sehen
konnte und nicht sah ...«? Du, für ein Weilchen
in die Luft geschaffen, erinnere, daß rhythmische
Gewißheit – dein Instinkt? – dich oft genug

hinaustrug. Dorthin, wo alles Licht Musik ist
und ein Lächeln den Vers bewegt … Oft genug?
Ah, Unersättlicher, gib acht, daß dir das Herz,
das deine Zunge ist, nicht über Bord geht!
Das Wort, das jetzt hinaus will, sich unbehelligt
weiß im Rauch der Eilung, 's ist Furcht
und sucht dich mitzureißen hinacht.
Des Herz die Zunge ist – »Nichts glauben und
nichts leugnen.« – nun schweig am Sockelblock
schlundgrundhinab. Wo jeder Laut ergraut
und Tränen tief beschlossen sind, halt inne!
Hörst du sie klingen in den Klüften?
Dir singen sie entgegen, die Kristalle.

Winterreise

Der Wald, ein weißer Tausendhirsch,
Senkt das Gewaff. Als trachte er den
Irrling, der übers Brachfeld knirscht,
Zu forkeln. Doch solche Treffenheit ist
Nicht zu fürchten: Im Eisbast prangen
Gabeln, Spieße, Stangen. Zornhau,
Schillerhau?, schrack, bräche sie der

Ost. Ihm alles untertan. Weiß, zottig,
Harsch jetzt auch der Wank im Anblas.
Zaudert er? Ist selbst sein Schlaf noch
Sprache?, wachtraumbewegt ins Universum
Der Kristalle, heimzufinden durch gelechte
Felsen. In die Hügelhänge … *bis das*
Moos uns an die Lippen stieg.

Ungewißheit, murmt er, ist mein Ehrenwort,
Salz wider jeden Panzer Eis. Und hör ich
Sie zischen, Herr Nachbar, wars trefflich!
(Spricht so ein *Grabschriftsetzer seiner*
Selbst? … wie er sich nannte, mit Freunden
Beim Gemischten Satz; wandags.) Saturnisch
Nun, watz in den Wächten, die Räumte zu

Gewinnen?, rauchwogenwüst und kluftversausen,
Scharsch, grimmbewehrt hinan, dem Rachspaß
Eine Lanze? Haltlos, das bißchen Sicherheit,
Freveltrotzig vom Böhmischen Wind: Jeder
Schritt, itzt im Thann, jeder Blick gleitet
Ab. Denn vergletschert sind die Wege.
Nachtblau glummt Genies herauf; blitzt

Türkis Gestäude? *Fische hab ich gesehn,*
Die hingen im glasigen Eise …, Fische
Und heiße Herzen. Aberwitzig – jetzt noch? –
Das Begehr von Stille, dieses schwarze
Feuer Freiheit. Ohne Glück, jedoch auch ohne
Tort Verzweiflung. *Bruder Mensch?* Frag
Die Schwester! Wer sich hören will, muß

Fühlen. Ach, das starre Volk mit seinen
Leeren Augen lügt. Viele Nöte, keine Not,
Und darum weiter, *soll im Alter meine*
Trauer hell sein. Wolken bluten grau.
Dort ein Lichtsteig zu den Gipfelgärten?
Klamm und kleinlaut hockt im Schlafbaum das
Geflügelte Vermächtnis dieses Sommers.

Blakt und taubt die Nebelsee, das Aug zu
Löschen? Daß er seine Ruhe finde, dieser
Irrling, wie geboren, so verloren, schlirfend
In die Grabesrinde. Doch im letzten Wirbel
Noch beschenkt: Ausgestirnt – eine Handbreit
Glänzender und dichter als die Himmel aller
Nächte. Was zur Hölle soll da Gott?

Feldstörung

Ein Salzbrief aus Immerfern –
1995 in Erwartung der Schwalben

Was für ein
besonderes Vorrecht
hat die kleine
Gehirnbewegung,
welche wir Denken
nennen, daß wir sie
in solcher Weise
zum Modell des
Universums machen!

David Hume

Mit Salz und Brot zufrieden von
jeher, wohn ich in Gigack nun …
(Raubkatholiken haben mich vertrieben
vom Salamanderberg: *Ich* dichtete, *sie*
trachteten – nach meinem letzten
Hemd. – Porcus in fabula? Ein
andermal.) … wohn ich in Gigack nun
bei Fuchs und Has. ›Gut Nacht‹?
Gemach, Ihr Städter! Bedenkt, daß
›rusticus‹ ein Ehrentitel war; die
falsche Münze, der ›Bauernfünfer‹,
läuft immer noch im Schein der
echten um; und so gesehen hab ichs

weit gebracht. Bis zu den Sternen
weit im Niemandsland: Ein kleines
Feld – DIN A4 – und Stolz genug, des
Pöbels Schmäh zu spotten. Was will
ich mehr? Viel Feind, viel Ehr?
Gefährlich, wo der Mob regiert!
Grauschnäpper, Schlange, Kauz und
Dachs … sind wohl die bessere
Gesellschaft. Für einen, der sich
nicht verdingt (›Liedlohn‹?:
Gesindelohn), ins Lob der Herrenrasse
einzustimmen; gar noch im ›eigenen‹
(was sonst, du Habenichts!) ›ganz

unverwechselbaren Ton‹ (ein
Original, hört! hört!): Vox pöbeli –
vox Dei. Heiliger Luzifer, bewahre!,
wenn man mich zwingen will, dem
Tausendtier kunstfertig Maul und
Arsch zu küssen, oder's Gemächt zu
girlandieren. Das Schreckwort seiner
Schmeichellecker (Akademister,
Zeitungsschmierer ...) ›Menschenfeind‹,
mir ist es kains, der ich ein
Stirnlicht suche überall und
Meisterschaft des Herzens. Nicht
»Adams große rauchende Augen mit ihrem

doppelten schwarzen Schlund«. Nicht
social gossip, Lelle, Bempf. Versfüße
dem Gesocks? Hugh, habe ich gesprochen,
Pack! Ich lobe keinen Lollius. Salz
in seine Augen! »... ille Bioneis
sermonibus et sale nigro.« Was sonst
im schwarzen Bayern? »Licht ist meine
Lieblingsfarbe.« Das schreibt ein
Freund. Doch nicht dem Gähnius des
Volkes. – ›Hä?‹ – Jedem das Seine, mir
die Salzigkeit der Wogen und der Sterne.
– ›Hä?‹ – Weil ich stets alles geb,
hab ich für Euch nichts übrig, nur

Salz. Schliafschlötzl: ›Surf dich
frei!‹ Dein Auto fährt auch ohne
Bäume. Mit digitalem Herzensschrei
zum ›Staudensichtungsgarten‹. ›Hä?‹
Witz hilft Euch nit. Da, friß ne
Seelenbrezel! Zu salzig? Was darfs
denn sein? ›A cup of coffee, a
sandwich and you‹? Oder ›I am always
happy when I eat at Schweiger's
Grill!‹ (Halblaut beiseit:) Sogar
in Gigack hinterm Weidezaun ...
O Hermes, führe mich hinaus – ›Hä?‹ –
Jaja, schon gut: Der sohn gottes

allhie, ein saltz das einen brennet.
Tschüssing! »Wo immer ich anland,
diiiiiie!« Mit ihrem Hä von Häme.
Lichthässig. Butterstulltus.
Schwatzen vom Himmel und schänden
die Erde. Blutig an Zahn und Klaue.
Lichtnarzissen. – ›Hä?‹ – Schnäubig,
zu reißen ... Klangrubine. – ›Hä?‹ –
Brrr, Salz in solche Goschn,
schaufelweis. Reichlich davon auf
Lager, *nicht* aus Reichenhall!
Vielmehr: Sales al eikum! – ›Hä?‹ –
Salzlinge, nie vernommen? Salzgeister,

nie befragt? So mags Euch Schiller'n,
da es Euch nicht dämmert: »… aus
Juvaviens bergen ström' ich, das
erzstift zu salzen, lenke dann
Bayern zu, wo es an salze gebricht …«
??? Rhythmus 1, Geographie 6: Denn
die Salzach – fließt nicht weit von
Reichenhall, und das ist bayrisch.
»Verkauft man hier etwa rahm für
ein epigramm? oder einen topf voll
schmalz für einen kopf voll salz?«
(Rückert) – ›Hä?‹ – Gegenwärtige
Vergangenheit! Mein Name sei

Hallasch! Ut sale defricem. Ne Ab-
reibung gefällig?, 'n Schock
Diatriben? (Walkmen:) ›Issndüss?‹ –
Eleutheriak! Sulz wider Erbgrind,
Krätze, Räude … (Paracelsus) – ›Hä?‹ –
(Chor der Stöpseltroglodyten:)
›Issndüss? – Issndüss? – Issndüss?‹
Und weil der Teutschen Kaiserbedürfnis
schier unheilbar, als Dreingab
Paullinis Dreckapotheke: Frischer
Mist eines schwarzen Rindviechs,
Bieressig und eine Messerspitze voll
Salz. – ›Hä?‹ – Gegen Triefaugen.

Horresmorres? So fresset Ostersalz,
Weihsalz, Speisalz! Denn Salz
schenkt Witz und Witz lehrt Freiheit.
Die aber liebt allein der Freie.
Volklich nix und wieder nix für Ossis,
Wessis, Tussis, Stussis, Prolis,
Promis, Schleimis ... – ›Hä?‹ – Naja,
das ›demokratische Recht‹, so dumm zu
bleiben wie die anderen, und das
›marktwirtschaftliche‹, sie zu über-
byten. Kurz, Harrisburg mit Chips,
Tschernobyl mit Würschtl. Stumpfsinn
mit oder ohne Gott, was verschlägts? –

im Produktionskrieg wider die Natur.
Sie wird sich rächen. *Ich* bin bereit.
– Weiß schon, lüg da nicht richtig;
'n ›Außenseiter‹, den man zwar gut,
jedoch nicht gern versteht. ›Der Kerl
is Klasse, aber es genügt!‹, so'n
Dezernent – vor Jahren hinter meinem
Rücken. Ach, Dr. Dr. Insofern, was
nottut, ist Zivilcourage, nicht die
Kultur der Killer. Nicht Wissenschaft,
die kein Gewissen schafft. »Das
scharfe Salz gelehrter Gründe ...«
(Hagedorn) »... hat manchem schon das

Hirn verbrannt.« (Dick) Vom Glotzen
blind, ists ihnen nie begegnet:
»Das Gesicht scheint die Augen zu
tragen, wie manche Blumen mit
ähnlichem Ungestüm ihre einzige
Blüte tragen.« Dorthin, ja! Und
seis nur flüchtig wie das Lächeln
eines Kranken. Wahrzunehmen, »Wenn
es glatteiset, gehen die Menschen
sehr Arm in Arm.« – lehrten mich
Sherry, Arco, Rasso …, nicht
Platon oder Hegel. »Nur bei kleinen
Hunden und Kindern«, sagt Pound,

»finden wir feinste Beobachtung.«
Nein? Welcher Erwachsene versteht
genau zu lesen, so behutsam, daß
sich das Nur – nenns metaphysische
Ironie – zu Salztau wandelt?
Die Liebe liebt es, außer sich zu
sein – in der Betrachtung …
Glück? Die Eile muß sie hassen:
Tempus edax et laudator blendax.
Doch dieses Muß ist freier als
die Vielen, die nicht zu wissen
wagen, sich ›versprechend‹ niemals
eingestehn, daß Haß und Liebe

unzertrennlich. ›Nur keine
Emotionen!‹ –?– Was für ein Tod!
Wer Haß verbietet, kennt oder
will auch Liebe nicht, verstünde
mehr zu sein als nur zu haben:
Klingende Stille, Anflug des
Pirols, Sandrose, Glimmer, Flutbank,
brizzelnde Salzbarkeit der
Gletschermühle. Die Aufacht … – ›Hä?‹ –
Will sagen, sogar der Horizont ist
oft nicht linientreu. Ach, diese
Schwokker; nie bereit, ein fernes
Wort zu fragen: Woher? Wohin? Rassisten

des Jargons, dem Fremden feind.
›Polemisch‹, der sich selbst genügt,
und ›elitär‹, wer ihnen sagt: Über
den Zaun schauen Nichtigkeiten.
»So ist der Lauf ein Zufall wie
die Träne.« Seis drum. Statt *der*
Gefolgschaft lieber tausend Zweifel.
›Verbannt‹ nach Gigack? Nein, nur
in die Sprache, die sie scheuen – und
mit ihr den wogenden Meerwald, die
morgendämmernden Venen, das Lichtrecht
wider jeden Neidbau … – ›Hä?‹ –
Duckis, Dösis, Dummies, Alkis,

Haschis, Kaschis, Wos is?, Wischi-
waschis … hilft kein leuchtend
Wort, keine Gipfelzeile. »… wie
Horizont und Himmel das Blatt
tragen, das vom Baume fällt.« – ›Hä?‹ –
Die Schlange unter den Blumen.
– ›Hä?‹ – »Ein bißchen Güte von
Mensch zu Mensch ist besser als
alle Liebe zur Menschheit.« Ehrlicher,
Herr Nachbar. Und möglich ohne
jede Liebe. – *Der* Blick! Als suchte
er um Hülfe an bei *seiner* Obrigkeit,
der Funklatrine. Cloaca maxima

freihaus. ›Kanäle‹ für den Laufscheiß.
Aktuellitis. Manie des Dabeiseins.
Wenn Odöre und Pomaden … Die ›tiefe
Besorgnis‹ regierender Flachköpfe.
Und fürn Intelligenzpöbel Scheich
Schlammitzkys ondolierten Mundgeruch.
Altherrenwitz mit Jungfernpfürz.
Bildungsspray, was herzumachen: Pf –
Pf – Pfuilleton. »Wohlriechende
handschuh tragen und darinnen
krätzige bratzen.« Kein Wort von
mir – zu Teutschlands ›neuer‹ Größe:
Bratensymphonik, Börsengesumse,

Strammstehen vor Epauletten, Quasten,
Ehrenblech … Bürger in Dummiform,
hörig statt mündig; organisierte
Ignoranz. ›Die Augen geradeee-aus!‹
Und seis am Bildschirm. Ein Volk, zu
witzlos für Jean Paul: »Wir wollens
gehen lassen!« – ›Europa‹? – Auch
nur ein größerer Konsumverein. – ›Die
neue Religiosität‹? – »Glaube keinem
Gläubigen!« (Arno Schmidt) Zaster-
zienser und Serviettenmönche. – ›Der
Fortschritt‹? – Die Trinität von
These, Antithese und Prothese.

›Kaaalauer, pfuuuiii!‹ – Diätetisch:
Nicht überall kommt das Vernünftige
zupaß. Der Schwachsinn sucht das
Feierliche, Pathos-Brimborium, hoch-
mögendes Gewört. ›Kalauer‹ holen es
herunter. Darum die Wut der Ober-
lehrer, Pfaffen, Literaturhysteriker …,
wenn ihnen Assonanzen mit unerwünschten
Nebensinnlichkeiten aus der Reihe
tanzen. – Vokabelargwohn anzuregen,
gilts ganze Folgen paradoxer Sprünge
zu komponieren, das Wort zu lockern,
wo es erstarrt in Langeweile, Mief

und Enge, zumal es gerne mehr
bedeutet als trägen Hirnen angenehm.
Wer solche Lust beregeln will, der
hat sie nie empfunden, übt nicht das
Spiel, die Tyrannei der Konvention zu
foppen, auszutricksen. Zeloten grimmts;
sie wünschen keine ›annominatio
perpetua‹ – wie der wache Hörer,
subversive Leser, allzeit bereit, ein
Ritual zu stören. Denn mit der Würde
kam der Dünkel. Deutschdrollig, der
Respekt vor dem, was unverständlich,
nebulös – bis in die Schwindelhöhen

des Todtnaubergs. (Rune oder raune:)
›… immer wo sein sich lichtet,
geschieht sprache.‹ (Schwarzwald) Und
»… wo immer sein haar sich lichtet,
geschieht schweigen.« (Sauwald) –
›Betroffenheit‹? – ›Trauerarbeit‹? –
Nicht anders ihre ›letzten Dinge‹,
›Finalitäten‹ pp.: ›X warnte vor einer
Politik des leeren Stuhls.‹ – Und kehrt
der Kanzler – sichtlich erleichtert –
vom Thron zurück (›Jahrhundertwerk‹ pp.),
sogleich eine neue ›Epoche‹ verkündend,
gibs ihm bayrisch: Habe die Ära!

Wetten?, prompt und wampt fordert
er den ›Schulterschluß‹. Experto
credite!: Schulter Punkt Schluß.
Nix drüber. ›Wir sind das Volk‹
ohne Raum da oben. Und darum wieder:
›Deutschland, Deutschland ...‹
›99 Prozent aller Ja-Sager sind des
Neins entwöhnt.‹ – Verblödung ist's
und heißet ›Informationsgesellschaft‹.
Kommt uns so: ›Der philippinische
Vulkan Mayon brach ohne Vorwarnung
aus.‹ (BR) – ›... der Bundespräsident
(...) in Tirana mit orientalischer

Musik empfangen.‹ (SZ) – ›... slawische
Serben und muslimische Bosniaken ...‹
(BR) – ›Gleich den gefährlichen
Auschwitz-Anfang bewältigte er
souverän.‹ (SZ) – pp. Garrulitat-
sachen ›rund um die Uhr‹. Bis das
Denken erstickt. Im Nachrichtenmüll.
Die großen Lügen aber sind, was sie
verschweigen. Keine Zeile – zu den
jetzt Krepierten, 50 Jahre nach der
Bombe von Hiroshima. Kein Bild zur
Ethik einer Weltmacht, deren Soll-
schergs lebende Menschen, gefangene

›Irakis‹ zu Hunderten in die Wüste
dozzerten. – Und hierzubande
erfrechen sich staatliche Hooligans,
unter Strafe zu stellen, daß einer
sage: Soldaten SIND Mörder;
gelernte Leichenmacher. Doch, Männer,
he!, das Ehrgepussel ma' hintan: Ist
ein gelernter Schreiner *keiner*, nur
weil die miese Konjunktur ihn angeln
gehen schickt, weil er Kartoffeln
schält oder 'n Rausch ausschläft?
Na also, Männaaa!, und nu' ma'
kolossal jelacht – über jene fuffzich

Millionen Schweden-Kronen, verpulvert
für ›die weltweit modernste Technik‹
zur U-Boot-Abwehr, staune: einiger
Nerze, blubbernd zwischen den Schären:
»Die schiffe speyten feuer, das blaue
salz erschrak.« – ›Die neue Qualität
der Herausforderung‹? – ›Europa der
konzentrischen Kreise‹? – ›Historische
Triebkräfte‹ pp.? – Ihre Zungen gehn
auf Stelzen: ... synt gar vil geboren
stapelgecken, welche nach dem sturz
tief im trichter stecken. »Grabtiere
und Abendwölfe«? Nein, Wühltische für

Bücher ... Genug aus den Annalen
der Füdliburger, die beweisen:
Allzeit ist ›afterzeit‹. Oder:
»Ein goldener Sessel küßt jedes
Gesäß.« – Wer hat das wann und wo? –
Mensch, frag doch die electric brains!
Ab, auf die Datenautobahn, huiii ins
Vergessen. Und, »... um den letzten
hasz und der letzten bosheit salz
auf den schwanz zu streuen.«: Nimm
dem Geld die Ehre, so bist du frei! –
›Aber man muß doch, man kann doch
nicht!‹ – Mitläufer, Kriechling,

Klinkenschlecker! Gevolkschuft ohne
Unterlaß, *aller* Tyrannen Helfer!
– – – – – Hör ich Gezisch? Salz
weckt den Speichelfluß. Gefährlich:
Kannibal intra muros. – Fort! »... dem
Walde zu, wo ich besser bekannt bin.«
Zwar ist der Kopf mir Hand und Fuß,
doch glaub ich ihm nicht allzusehr ...
in Gigack nun, die Erde schrindend,
stolperwitzig über Grant und Grus,
jetzt schon im Abereinst. Verwehende
Gestalt, die mich durchkaltet, was
lehrst du mich? – »*Der* Wahrheit

standzuhalten, die du selber bist,
brauchts viel mehr Mut als Scharfsinn.«
Schweiß. Tränen. Speichel. Samen.
Blut. »... bis vor dem Tag die Sterne
schwinden.«? Ins Licht gestorben, doch
wohin? – »Noch ist Geloh.« – Wird
blühen der Eisenhut? – »Der Ortolan
singt überm Schnee, uns aufzulichten
Wind und Weh.« – Der Winter will nit
weichen. An Blumengeländern ins Grab?
Hirundo urbica, sei mir gesellin inn
der noth, beflügle Du mein Herz.
Nur dafür geb ich Salz und Brot.

Saubernreuth – am 19.4.1995

Schneesieche noch immer. Doch
erste Schwalben heut' und
ein Subito-Solo des Pirols.

Die Nachbarin ganselt, wo Unkraut
aufkommen könnt: an den Stufen
zur hölzernen Hauskapelle.

Dort finden sich bald schon die
Schafe des Herrn zur Maiandacht,
singen, weil es der Brauch ist,

Maria von Liebe und Reinheit
und – mehr noch – zum Gottserbarmen.
Seiner Dreieinigkeit unvermeidliches

Ebenbild, das Bier-, Hock- und Neidaug
zieht rittlings über die Flur.
»Im Märzen der Bauer ...« April, April!

Es fluchen die Häher. O mai, o mai,
nun deckt ihn der Thann.
In moosichte Gründe kippt er den Müll.

Das Eine und die Anderen

Der Sperling, seht her, nun
seht doch her, was ich
gefunden habe!,
im Schnäbelchen
eine Entenfeder:
Ecce poeta!

Oder Sonny Rollins:
Es gibt keine Originale;
jeder ahmt nach.

Auch der Wunsch,
ganz Ohr zu sein
für die Musik der Pilze
– John Cage hat's bewiesen –,
bringt mehr als das Ja-Aaaber
all derer, die immer nur
das Gras wachsen hören.

Neues aus Gigack

Vorhänge genug
beim Weg durchs Dorf.
Und kritische Köter,
die mir an die Beine wollen.

Achja,
ihr Metropolitaner!,
eure Welt – im Kleinen hier –
reicht absolut

für das bißchen
diätetischer Verachtung
globaler Nichtigkeit.
Und ist auch schon vergessen,

wo Martin Wieland
die Gebärmutter
durch »Schwartenmagen«
ersetzt (bei Horaz),

wo das Eichhörnchen
einen Traatsch Kirchgänger
in sechs Silben abkanzelt:
»Tschik! – Tschik! – Tschikaria!«,

wo der Grillenfänger
auf allen Vieren daherkommt,
einer Herbstinvasion von
Heimchen zu wehren,

wo die Mückensäule im Abendgold
– schwankend zwar, doch wundersam
beständig – den schwer müden Himmel
dicht überm Gärtchen hält.

Zwieselböhmisch?

»Tannenhero!«, sagt er gern. – Und wohin?
»Immer nach Haus!« Hat er einen Schiefer
Zuviel? – Name? »Hochderselbe.« – Hintersässel?
Schnellzer? Enz? Pfennigseelen geht er
Fremd. Birkenbast sein Hemd? Wer sonst als
Er? Leut schaun ins Affenglas,
Schnuderkengel zur Fabrill. »Koloquinten
Steck ich euch. Daß sie pfurren, die Bäuch!
Doch Stankmäulern komm ich stechapfelfromm.
Hastrmann, Tatrmann …« Wer sonst als er? …

Liest aus der Ruft. Leisehörig, fündelfänk,
Eistau sein Blick, nachtwärts so gern.
Wolferer zu Immerfern? Wer sonst als er?
Hinterzeitig? »Gerade recht.« Durch Ruddnik
Und Struddik und Totholzglumm. Immer nach Haus?
Kontertanz? Sternenwind? Sonne *und* Salz?
»Allweit dem Ungestüm, nirgendwo stets
Am Ziel. Frag doch die Wawrenze!« Wo es ihn
Lüstet, Schwerschritt zur Waldwand hin,
Windschnur ins Labyrinth. Wer sonst als er? …

Stakt dort als Grack im Frack. Hinter dem
Röchling her, der in die Rachel sinnt
Bis ihn die Feldsee jehands verschlingt.
Hauchseele? Widerschein? Streunender Hund?
Munk oder wer? »Denn was gelebt hat, das
Kannit sterben.« Ging schon – wie oft? – ein
Tag grad in die Hügel fort. Nirgendgrab?
»Sieh dort, der Abendstern! Er ist mein
Augenkern.« Nun auch vom Quarzgang
Lichtets aufher. »Du mußt es innigen, Herz

Ohne Habe, glaub dem Kristall!« Barfuß
Ein leerer Gruß? »Wenn Gott es will, grünt
Selbst der Besenstiel.« Oder ein Tronk,
Todtfarb am Schwand. Spielschrift im
Schattenfall? Wer sonst als er? … atzelt
Im Rieselfluh stracks aufs Gebücke zu.
Baumbarthinan? Fünfsinnlich etwerack. Bis
Daß der Kleiber ihn … Wer sonst als er? …
Pfiffig maskiert, droben im Kronenbau,
Häuptlings zum Schwark. Blitzdeuter wohlgemuth,

Türmer im Surm, wenn Sturm die Himmelsflut
Gach in die Schrammen schwolkt, Klimsen und
Klüfte kolkt. Wer sonst als er? Satzmann
Wolher? Meistersang niemandnütz? Brenz im
Blut? Glimmerreich? Drum allen gut? Sie zu
Gewortigen? Genau, genah! Eulwerk und
Schlangenschlaf … Wer sonst als er? Kaum
Daß die Schwalbe fischt – wieder entwischt.
Glückhaft durchan. Auch wo der Knöcher zahnt.
Ah, schon zu spat! Blindstirn geht fehl;

Such eine andre Seel! Tief unterm Habichtsturl,
Gludernd im Sulch. Finstere Glut? Wer sonst
Als er? Menschengezwing? Das ekelt ihn.
Schoßdichter? Happendienst? »Kikeri-niiie!«,
Höhnt es aus Gigack her. »Kenn keine
Magschaft mehr!« Taucht mit dem Otter nun,
Siebensatz, schon im Farn. Neunerprob? Nein-
Silbig grob, Zwölfenarrn Scharrwort zur Kraht.
Fähe und Rauhfußkauz kennen sich aus: Wer sonst
Als er! Bläuling und Postillon, ab und davon.

Triptychon für A.C. und A.Z.

wes herz das gebirg, wes wurzeln ein baum,
wird den frühling begrüßen je und je…
mit den augen sehen und mit dem blick;
tag und tod, trug und traum sind ihm ein
gesicht: fürwitzl, seltsam verstiegen
in die kehle des kolks, noch im winterdampf
– hellicht zeig dich überm schauerschlund! –
zu ermaien, lächelndes na-und?, oxymoron,
arkadisch und blasphemisch. so reicht er hin,
der satz vom grund – auf dem gezeitenfelsen.
… wird den sommer nicht missen, tollkirschenkühn,
spirale des grimmers, mittagsfrau, lurend im glär,
ilex, steinbrech, sonnentau, silbersturz
ins lichtgetümmel, lurch am gulp und buchengang.
des schwarzspechts rhythmische brücke
… für immer entrissen?, wenn der
bannwald bricht ins universum aus teer.
der org in der mauche, iringelblitze und worte
fernher, fama und fatum im schlangenwerk
… auf nimmerwiederkehr?, all das endlos weit
zurück und stets in der zukunft – mit dem echoweg
von sternen, die ein stiefelpaar zerknirschte irgendwann.
nachtblaue sohlen jetzt, querhin übers wintergrün.

wes herz das gebirg, wes wurzeln ein baum,
lacht beim hohen feuerroten apfel: ich nie
kommt deine stunde. orte? worte. mit dem w
von wind und wo von woge, suggestion der
räume hinterm raum, sog der landschaft in
die nächste. herbstsüchtig schon, zugvogelton
im gewasgewitter, rachspaß der muren
aus heiterem himmel; polizei und feuerwehr
darnieden, die stellung des menschen im kosmos.
absonder?, wer zu finden trachtet, was er
noch nicht sucht. in freundlicher verachtung
jener 7 zwischen idiom und idiot, stete näherung
dem unabweislichen phantom, diesem aber nein!,
da ist doch nichts. obschon sleipners bruder
niederkam inmitten kreißender krüppel – acht beine,
die ihn nicht trugen, diesen weißen fragenden
schatten von pferd – zu krepieren vor laufenden
kameras; tschernobyls strahlende omnipotenz.
ist, wonach wir suchen, was uns sucht? das kosmische
feuer? armherzigkeit? angst ohne zeugen?
widerschein eines fernen gottes, daß ein anderer
ihn träume, die welt zu entziffern, seinen
namen zu lesen aus dem verzeichnis des lichts?

wes herz das gebirg, wes wurzeln ein baum,
des liebe fragt nicht warum, des gipfelaug
ist hellgesang: ja, ich will mich täuschen!
drum die vielen götter, nicht der eine.
o kunst der injurie, o magische verwünschung
des zorns. was ist zu ewigen? hochmut und stolz?
das wetter zieht die nägel aus dem holz.
manche regieren, andere sind die welt – roggeninsel,
wiedehopf, nebelgletscher und figurenwald,
druse sprossender smaragde und das duell der
doppelgänger. nein, nicht beten zum ich, der ich
das ist bin, das war und das wird. jeder himmel
hat seinen eigenen namen. der staub von worten bleibe
unbeschworen! verläßlich? nur die feuerzunge.
sie starb viele tode, die noch leben, fürchten sie –
glottolalie, grammatik des elektron, megahohn ob der
herrschsucht supra naturam. den berg bespreng
mit wein, so tanzt er unbeschwert! hier die kessel,
kanzeln, kehren, dort die weitung und das krängen
aller sterne. hier das locken der kristalle,
dort die schachten, luchs und eule. falsche heimat?
wo der falke durch die schatten fliegt,
kommt die zeit, die vom kirchturm weht, immer zu spät.

Das nächste Beste

        offen die Fenster des Himmels
Und freigelassen der Nachtgeist
Den Schutt gewälzet
Bis diese Stunde.
Doch kommt das, was ich will,
Wenn
In liebenswürdiger Fremde die Bäum
An grasbewachsnen Wegen   ehevor
Im Hochstand der Sonne
Im Lichtmeer das Nichtmehr   allwo

Denn ich bin so alt wie die Welt,
Kugel und Kopf unterobsi,
Was Wunder von Wurg und Waberloh.
Wieder   Noch
Müdets mich unter euch
Zu viel Zeit mit Leuten, denen die Worte billig.
Wer da? Als ob? Nur so?
Nicht wert, ein Wort vom Herzen zu lösen.
Doch kommt, was ich will,
Wenn bei Sonnenuntergang die Scheiben klingen,
Wenn der Wind die Eiszapfen krümmt,
Wenn trunkne Sterne sich verliern
Im Gefolg des Kometen.
Du erfinde mir Wörter,
Daß die Silben singen
Über die Waldnacht südwärts
Zu Meer und Eselsschrei,
Rebzeilen, sonnentoll und mondversonnen,

Weinrankenschrift, darinnen die Sinne
Wie Vögel so frei.
Dort, bei Becher und Brot
Und im Schein der Traubenlaterne,
Träum ich schlaflos mannigmal
Bis die Viper mich findet
Unbußfertig dem Gott im Schafspelz
Wie aus alter Bekanntschaft.
Unwissend in der Wüste.
Dornbusch, flammendes Alpha.

Der Berg steigt bis ins Grab der Sterne.
Ein Leben lang das Eine Bild, das Eine Buch,
Das Nein des Jeremias
,stillegehend
Mit verhaltener Macht.
Fürchte dich mehr als den Tod.

Die klugen Sinne pflegend. wenn aber,
Scharfwehend die Augen der Nordost
Und Ek um Eke
Das Liebere gewahrend
Denn immer halten die sich genau an das Nächste,
Du mein verwandertes Gesicht
Weglängs Aushin Wofern. Sonst in Zeiten
Des Geheimnisses hätt ich, als von Natur, gesagt
Der Kuckuck zählt die Jahre.
Alles wird gewesen sein.
In der Nacht vor Johanni, wenn der Farn blüht

Und die Schatzkammern freigibt.
Nach diesem Lichtlenz.
Nach diesem einen Tag Sommer
Bei Schlangentischen.
Klingelnde Smaragde, zungenfertige Bäche hinab.
Nach diesem Herbst der Parasole,
Dem Diktat der Sprache zu trotzen.
Doch nicht schwarz glänzend ultimativ,
Sondern freundlich gewogen, unerwartet hinter der finsteren
Biegung ins Joch – der Blaue Sternwell.
Luftschnee annoch die Wolken.
Zeither ist Weiß. Weiß singt und sinkt der Adlerfarn.
Trugland Weiß Gott ‚der?
Heißt Allwürger. Heißt Feuerhand. Heißt willkommen alle
Mit jeder nur erdenklichen Gewißheit.
Weißt wieder? Weißt noch?
Heißt Strahlenstille. Heißt Sternenschnelle. Heißt
Singen und Sagen Sangesi.
Löst die Zunge,
Verschlingt sie. ‚verrufene Gestalt
Moorauge, Waldfänk, Maargeiß. Der Weiz, der Hitzeblitz, der
Zungenriß.

Umsonst nicht hat
Seitwärts gebogen Einer von Bergen der Jugend
Das Gebirg ‚das Gedächtnis
Die Bäum, die Träum, was immer
Entbirg ihm.

Geht über die Erd. Dort aber
In den Wörtern leben die Toten

Dort aber

Das Licht der Adler
Der Himmel der Gesänge. Neben aber,
Am Ufer zorniger Greise, der Entscheidung nemlich, die alle
Drei unser sind.

Ins neue Jahr

Zähl nicht die Tage,
sei ihr Licht!

wer weiß denn …

wer weiß denn ihr gräserzungen
fabelschatten ob im innern
des denkens – unergründlich
wie das nachtaug der kröte
oder die wege des quarzes
durch den granit – statt eines
letzten wortes nicht doch
ein lächeln beschlossen ist …

jenes o kerkerherz das du
deiner liebe – wie oft? – versagtest
(geröllnächte lawinentage und
dergleichen ausreden) obwohl
es einzig ihr bestimmt ist
echo: »dir fliegt mein herz
wie ein törichter vogel zu« und:
»in die sterne baun wir unser nest« …

mehr glück als verstand
im reißenden flug der jahre
ein wenig halt zu finden
»und jemands stunde ist schon nah«
bitt' ich nun – dem fliehen
der tage ausgesetzt wie du
meine schwarze zikade –
um die gunst des augenblicks …

daß ich es nicht schuldig bleib'
jenes lächeln – nachts beschworen
tags verraten? – ohne das mein wort
nur ein mundvoll leere ist
ölig wie ein tischgebet
bis ins requiem der mörder
die nicht leben und
nicht sterben können ...

ein tag ohne lächeln – schwärzer
als eine nacht ohne stern

Gerald Stieg

Mythos *und* Satire fürs irdische Paradies

»Das Herz muß auf weit hin schlagen«. Diese Aufzeichnung Elias Canettis, eingegangen in das »Gedicht, das abhebt mit einem Reiher«, könnte als Motto über den Gedichten aus dreiunddreißig Jahren stehen. Was diese vielgestaltigen Gebilde auszeichnet, ist nicht so sehr die »erschwerte Form«, die jedem anspruchsvollen Gedicht zukommt, als die schier kosmogonische Macht und Fülle der Bilder und ein Atemraum, der die üblichen Begrenzungen aufhebt. Ein mächtiger »anarchischer Überschuß« erzeugt ein Gefühl der Weite, der Überwindung beschränkter Horizonte. Wäre die Metapher von den »Flügeln des Gesanges« nicht völlig abgedroschen, hier wäre sie angebracht. Epigrammatisch präzis: »Gedichte gehen nicht ... sie fliegen«. Und es ist kein Zufall, daß »Brudervögel« (Möwen, Reiher, Schwalben, Raben), ja alles Fliegende (Fledermaus, Schmetterling, Fliegen, Bienen) in Dicks Gedichten aller Orten anzutreffen sind. Erste Konsequenz: das Subjekt, das vielbesungene narzißtische Ich, wird aus dem Zentrum seiner Allmacht gedrängt und zu einem Gefäß der Vielfalt. Der gelehrte Name für diesen Tatbestand heißt Intertextualität. Deut(sch)licher gesagt: das Gedichtgewebe Uwe Dicks besteht aus einer Überfülle von Erlebnissen und Erlesnissen, hinter denen das autonome Ich zu verschwinden scheint. Scheint. Denn in Wirklichkeit ist dieses sich öffnende, schamanengleich sich loslassende Verwandlungs-Ich nichts Geringeres als »das Herz der Welt«. Der Welt. Nicht nur der Menschenwelt. Der Horizont des Dick'schen Gedichtes ist weiter, seine Zeiterfahrung begnügt sich nicht mit der Menschenzeit, erst recht nicht mit ihren auf Tausendstel von Sekunden getrimmten STOPP-Uhren, seine Verwandlungsfähigkeit läßt ihn sogar die Dimension der geschichtlichen Erfahrung verlassen hinein in die »herzynische Sekunde« des »böhmischen Meeres«, also in die Zeit des Granits und der Kristalle. Dick hat einen philosophischen Gegner: den deutschen Idealismus. »Das sich selbst setzende Ich? – Ach, Herr (F)Ichte!, das sich selbst entsetzliche Ich mag auf den Pluralis maiestatis gern verzichten, um zu erkennen: Ein isoliertes Ich gibt es genauso wenig wie ein isoliertes Ding: Mit jedem Atom sind wir Metamorphose, alles in allem.« (SWP 310/311). Dick protestiert darum gegen ein Denken, das Steine für »weltlos« und Tiere für »weltarm« erklärt (SWP 318), um die »kosmogene Exorbitanz« des »Sprachtiers Mensch« zu behaupten, und das »Individuum« zum »Ziel des Universums« erhöht (SWP 316). Da ist die Anklage der Menschenfeindlichkeit nicht fern. Und in der Tat findet sich bei Uwe Dick eine Haltung gegenüber dem abendländischen homo sapiens, dem in der Genesis (»dixit im Namen Gottes«) das alleinige Verfügungsrecht über den Rest der Schöpfung übertragen wurde, die er mit Schopenhauer, Karl Kraus und Elias Canetti teilt. Es ist die Solidarität mit allen Geschöpfen, allen voran den Tieren, die aus ihm einen »Überläufer ins Lager der Kreatur« macht. Der Satz Schopenhauers, »die Menschen sind die Teufel der Erde und die Tiere die geplagten Seelen«, in dem er seine Kritik der »Installationsszene« in der Genesis zusammenfaßt, könnte von Uwe Dick sein. Ganz aktuell gesprochen: die Welt ist keine Ware, und Bäume und Tiere dürfen nicht »geradezu als *Sachen*« (Schopenhauer) behandelt werden. Es gehört zu den paradoxen Reaktionen der dominierenden Species Mensch, daß sie das Erbarmen mit ihren Opfern gern als misanthropisch und antihumanistisch abqualifiziert. Dick mußte sich immer wieder den Vorwurf des »Öko-Faschismus« gefallen lassen. Wie Schiller in klassizistisch-ästhetisierendem Geist die »Götter Griechenlands« gegen die Alleinherrschaft des *einen* Gottes und des *einzigen* (Newton'schen) Naturgesetzes verteidigt hat, schlägt das »Herz der Welt«, das der Dichter ist, für alle Formen von Kultur und Kreatur, die dem alleinigen Gesetz von *Profitopolis* (Pound hätte hier USURA gesagt, Karl Kraus von den *Bilanzknechten* gesprochen) zum Opfer fallen. Dazu gehören die Mythen, Sprachen und Lebensformen ausgestorbener oder aussterbender Völker, der gewachsene Wortschatz der *noch* lebenden und geduldeten Sprachen ebenso wie die Vielfalt des pflanzlichen und tierischen Lebens, die einen rücksichtslosen, ja mörderischen Umgang über sich ergehen lassen müssen.

Ähnlich wie Elias Canetti plädiert Uwe Dick für die zur Verwandlung einladende Vielfalt gegen alle reduzierende und gleichmachende Einfalt. Als Künstler und Selbstdenker widersetzt er sich hartnäckig dem Prinzip der Massenproduktion. Beispielhaft ist dafür der »Drillichgesang für M+A+D und für die Edlen von Plawenn«.

Mythos und Satire reichen einander in diesem Gedicht die Hand. Die Satire betrifft vor allem den Gegensatz zwischen dem maßgeschneiderten Gewand, in das der Träger »wia neigwachsn« ist, und der industriellen Wegwerfware. Dieses Gewachsensein, das nichts rousseauistisch Naturhaftes an sich hat, sondern das Ergebnis eines sorgfältigen Arbeitsprozesses ist, wird im abschließenden ironischen »Gstanzl« mit den »Synthetik Blusen« und den »Serienlappm, /de wos elektrisch pappm« konfrontiert.

Das Gedicht, im Grunde eine horazische Ode auf einen Produktionsvorgang, ist wirklichkeitsgesättigt und gerade deswegen auch »poetologisch«. Der Weber Alois Breitenberger, »der Mann, der das noch kann«, hat die poetische Textur zu seinen Ehren mit einem höchst zutreffenden »'s ischt gut gewirkt« kommentiert. »Das Webstuhlwort *Wirk*lichkeit« bestimmt in der Tat Dicks poetisches Handwerk. Und er entwickelt eine Art »Innungsstolz«, aus dem sich manche »Innungsfeindschaft« (etwa gegen die Sprach- und Sachschludereien Martin Walsers oder Heinrich

Bölls) erklärt. »Die Satire schweigt nicht in den Gedichten« (UD) gilt nicht nur für den Drillichgesang. Sie ist ein unabweisbarer Bestandteil der Weltwahrnehmung Uwe Dicks, vergleichbar mit Karl Kraus' Diktum: »der Witz lästert die Schornsteine, weil er die Sonne bejaht«. Die poetische Verklärung des »Drillich« aus den Südtiroler Alpen verleiht dem handgewirkten Produkt eine ironisch-mythische Dimension. Die Schafe, die den Rohstoff liefern, werden geadelt zu den »Edlen von Plawenn«, die nicht irgendein beliebiges Gras fressen, sondern ein »Zauberkraut«. Die Spinnerin, der Weber und der Schneider (M+A+D) des nahezu »unzerreißbaren Drillichs« nehmen die Stelle einer Dreifaltigkeit ein, die etwas geschaffen hat, wofür ein »Es war sehr gut« wirklich zutrifft, aber auch der drei Weisen aus dem Morgenland, jener K+M+B, die Haus und Stall gegen Unheil »feien« sollen. Alle drei arbeiten gleichsam wie der »Herre Werkmann« der mittelalterlichen Bibelübersetzungen, und das »Jahr des Herrn« (Anno Domini), das die drei Weisen einbegleiten, wird zum »anno Dominikus«. Die »Wirkarbeit« hat einen exorzistischen Charakter: wie mit den Namen (M+A+D) wird mit der dreimaligen Anrufung (bei den Geißschellen, beim Stier, bei der Mooskuh) das Heer der »Rheumateufel« vertrieben. Das »Gewirk« widersteht nicht nur sibirischer Kälte und den Reißzähnen der Wölfe, selbst der Tod (»der Boandlkrama«) zieht vor solcher Arbeit den Hut. Die zahlreichen Orts-, Flur- und Gebirgsnamen des Gedichts bekommen trotz ihrer kartographischen Realität ähnlich den Namen der Handwerker mythischen Charakter, das Gedicht verwandelt sich zurück in einen Zauberspruch, einen Segen für ein Produkt, das im Gegensatz zu den diversen abergläubischen Ritualen »Feiung« wirklich garantiert. Odenpathos und dialektaler Schnadahüpfl-Rhythmus sind unzerreißbar ineinander verwoben.

Bei Schopenhauer findet sich der Begriff »Selbstdenker«. Zu Dicks Apostrophen ans Publikum gehört seit langem »Bei wem lossn Sie dengga?« »Lesen ist ein bloßes Surrogat des eigenen Denkens« (Schopenhauer). Wie aber verhält sich die Ablehnung des Bücherwissens (»Ein Bücherhaufen steckt in jedem Kopf, stets liest er, nie gelesen wird der Tropf«, Pope) zur Allgegenwart von Zitaten, Anspielungen und kryptischen Verweisen aus allen Zeiten und Kulturen in Dicks Gedichten? Gehört er zum Geschlecht der poetae docti der Barockzeit, die ihre Werke mit einem wuchernden gelehrten Anmerkungsapparat versehen zu müssen glaubten? Liest man den »Drillichgesang« als poetologische Allegorie, so wird einem deutlich, daß nicht ein »Ichter« so etwas »machen« kann, sondern einer, der in Osmose mit anderen arbeitet. Dick steht ohne Zweifel in vielen seiner Gedichte der Canto-Technik seines »Übervaters« Ezra Pound nahe. Dennoch gilt für ihn: »Der Selbstdenker nämlich lernt die Autoritäten für seine Meinungen erst hinterher kennen, wo sie ihm dann bloß zur Bekräftigung derselben und zu eigener Stärkung dienen. (...) Die bloß erlernte Wahrheit klebt uns an wie ein angesetztes Glied, ein falscher Zahn, eine wächserne Nase oder höchstens wie eine rhinoplastische aus fremdem Fleische; die durch eigenes Denken erworbene aber gleicht dem natürlichen Gliede: sie allein gehört uns wirklich an.« Es ist etwas Merkwürdiges um die Originalität: es kommt nicht darauf an, ob man einen Gedanken zuerst gehabt hat; man muß ihn besser gehabt haben (Karl Kraus). Oder fast ins Gegenteil verkehrt: »Oft habe ich Sätze, die ich ihrer Paradoxie wegen nur zaudernd vor das Publikum brachte, nachmals zu meinem freudigen Erstaunen in alten Werken großer Männer ausgesprochen gefunden.«

Man kann Dicks Umgang mit vorgegebenem Sprachmaterial, das von den Mythen und Gedichten der Weltpoesie bis zur heruntergekommensten Phrase reicht, noch mit einem anderen Paradox Schopenhauers erläutern: »Wenn man auch bisweilen eine Arbeit, eine Einsicht, die man mit vieler Mühe und langsam durch eigenes Denken und Kombinieren herausgebracht hat, hätte mit Bequemlichkeit in einem Buche ganz fertig vorfinden können; so ist sie doch hundertmal mehr wert, wenn man sie durch eigenes Denken erlangt hat.« Erst dieser mühselige Selbsterwerb jedoch ermächtigt den Denker und Dichter, das Goethesche Prinzip »Was du ererbt von deinen Vätern hast,/ Erwirb es, um es zu besitzen« auf seine »Erlesnisse« zu übertragen und auf seinem DIN-A4-Feld als Eigenstes zu züchten. Gedanke und/oder Formulierung der »Autorität« kann dabei bis zur Ununterscheidbarkeit mit der eigenen Erfahrung verschmelzen, ihr »einverleibt« werden, oder gerade noch als fremdes Gut im »Fanggedächtnis« erkennbar bleiben. Ein symptomatisches Beispiel: das »Triptychon für A(nton) C(hristian) und A(ndrea) Z(anzotto)« setzt ein mit zwei Zeilen von Cummings. Im Retardando hat Dick das Wort »lenz« der Übersetzung durch »frühling« ersetzt, begreiflicherweise, um bestimmte hier unwillkommene Reminiszenzen abzuwehren. Doch nicht nur von dieser Zeile, sondern vom Zitat im Ganzen darf er mit Recht behaupten: »Die Zeilen gehören mir.«

Das Beispiel macht auch klar, warum es eine unlösbare Aufgabe ist, Dicks Gedichten – doch gilt das für Poesie überhaupt – mit einem gelehrten Kommentar zu Leibe zu rücken, das Werkgewebe in seine vielfältigen bunten Fäden zu zerfasern, also so zu tun, als bestünden Gedichte aus Lesefrüchten, die aufzuspüren genügte, um sie zu »deuten« und zu »verstehen«. Dicks eigene Praxis in Sachen Kommentar ist schwankend: der Zyklus »Tag und Tod« mit dem beziehungsvollen Untertitel »Der blinde Seher« war ursprünglich von ihm selbst mit »Anmerkungen« versehen worden, die in späteren Ausgaben und in der vorliegenden fehlen.

Im Taschenbuch »Das Echo des Fundamentschritts« (1981) hat er als Nachwort unter dem Titel »Szenenwechsel: Erfahrungen mit Erfahrungstexten« eine Art Selbstinterpretation folgen lassen. In anderen Gedichtbänden finden sich entweder signierte »Postmaterialien« oder »Editoriale«, deren Stil keinen Zweifel am Urheber erlaubt. Im Falle des Gedichts »Planetarisches Salz« (1995) verdeutlichen die Anmerkungen, die in vorliegender Ausgabe abgedruckt sind, die Faktur des hochorganisierten intertextuellen Gewebes. Selbstkommentare des Dichters finden sich verstreut in der »Sauwaldprosa«. Einen Sonderfall stellt das Büchlein »Im Namen des Baumes und seines eingeborenen Sohnes des Buntspechts. Eine Brief-Poetologie. Erfragt von Pariser Kindern« dar, in der er auf die Schüler-Frage »Mußt Du Dich zwingen, zu schreiben?« folgendermaßen geantwortet hat: »Ja, ich muß mich manchmal zwingen, zu schreiben. Denn der Widerstand der Wörter ist beträchtlich. (...) Die Fülle von Bildern, die Menge von Einfällen, das Gewicht der Fakten, die Magie der Tag- und Nachtträume, die gespeicherten Sätze meiner bewunderten Meister, das Eigenleben der Dinge, Quantitäten und Qualitäten sind es, gegen die ich schuften und schaffen muß, eine Seite voll verläßlicher Sätze zu erreichen.« Die Spannung zwischen extensivem poetologischen Selbstkommentar und dem Verzicht auf Anmerkungen, die ursprünglich die Gedichte begleiteten, liegt dem ironischen Selbstzitat »Die Klügsten sah ich fragend / die Dümmsten erklärten alles« (»Abschied« in »Tag und Tod«) zugrunde, mit dem er in »Theriak« begründet, warum er die »informierteste Bevölkerung in der Geschichte der Menschheit«, die »totale Informationsgesellschaft«, nicht mit »unfreiwilliger Gelahrtenparodie oder Bücherhochstapelei« belästigen will. Denn: »wollte ich es (die diversen ›Quellen‹) jetzt ermitteln, müßte ich mir selbst zum Narren werden, ich, das Ich vieler Ichs, nicht nur eines lyrischen (...), ich, Spiel und Verwandlung von Kind auf, Gestaltenwechsel (beste Schamanentradition: Selbstaufgabe, spirituelle Reise, Raum und Zeit zu überwinden, und zugleich die Conditio humana), ich, Metamorphose gegen alle Icherei (...), ich, multiples Ego.« Hier zeigt sich Uwe Dick als Erbe der radikalen Moderne, des »Je est un autre« Rimbauds so gut wie seines Pendants »Tous les autres sont en moi« (Apollinaire), das in ironischem Latein zu »Omnia *vestra* mecum porto« wird. Trotz dieser Warnung vor der »Bescheidwisserei« gegenüber der Phantasie und dem »Selbstlauf von Bildern und Zeichen« hat Eva Hesse einen großangelegten, theoretisch fundierten Kommentar geliefert, mit dem zu konkurrieren ich weder fähig noch willens bin. Er basiert theoretisch auf den Voraussetzungen des französischen Strukturalismus (Claude Lévi-Strauss, Jacques Lacan) und Poststrukturalismus (Julia Kristeva, Jean Baudrillard) und demonstriert hervorragend das intensive intertextuelle Gewebe aus Mythen (sibirischen, australischen, keltischen, nordischen, griechischen, Volksglauben) und moderner Dichtung (amerikanische und russische Moderne). Die Rolle des »Übervaters« und »Obergotts« Ezra Pound und der Dialog mit Chlebnikow, Majakowski und ganz besonders Mandelstam werden in ihrer Komplexität herausgearbeitet. Eva Hesse stützt sich im wesentlichen auf die Gedichte der Periode 1969–1975, in denen das mythologische Material viel gegenwärtiger ist als in den späteren Werken. Leider hat sie den »Canto für Ezra Pound« nicht mehr berücksichtigen können. Das Fazit des Essays? Uwe Dick, tief verletzt durch seine Erfahrungen mit der kulturikonoklastischen Dogmatik der 68er Generation, die u.a. das Ende der Dichtung proklamierte und den Dichter vor ein »Gottesgericht« stellte (»Stationen«), habe sich ganz im Sinne einer radikalen Kritik an den Folgen der Aufklärung (Adorno–Horkheimer, Karl Kraus) gegen die instrumentale Vernunft und das Fortschritts-Credo überhaupt gewandt und sei so zum großen Dichter des verdrängten Mythischen, Körperlichen, Kreatürlichen, Zeitenthobenen geworden. In seinem Dichtwerk sei die Sprache nicht mehr wie bei Lacan »phallogozentrisch« (Derrida), sondern entspräche dem, was Julia Kristeva mit dem »Semiotischen« bezeichnet, d. h. »einer Art Rückstand der präödipalen Erlebnisweise des ›Imaginären‹ in den erwachsenen Individuen.« Damit verbunden ist ganz wesentlich der Verzicht auf die vom (männlichen) Subjekt erzwungene »symbolische Ordnung«. Eva Hesses Essay ist zugleich Kommentar und Versuch, den von ihr immer wieder betonten außergewöhnlichen Rang der Lyrik Uwe Dicks mit einem hochdifferenzierten philosophisch-psychoanalytischen Instrumentarium zu untermauern. Es sei mir hier gestattet, mein Unbehagen an diesem hochkarätigen Erklärungsversuch zu formulieren. Daß keiner der beschworenen französischen Geister bei Uwe Dick erkennbare Spuren hinterlassen hat, besagt nichts gegen die Erkenntnisträchtigkeit des Deutungsmodells. Doch hat diese Methode zur Konsequenz, aus Dick eine dramatisch ausgesetzte Märtyrerfigur zu machen, die sich »unselig« vor Welt und Menschen verschließt und ausschließlich aggressiv auf die »Andern« reagiert. Man verliert dabei beinahe die mächtige vis comica aus den Augen, die nicht nur den Satiriker, sondern auch den Lyriker Uwe Dick auszeichnet. Damit wird aber eine ganze Tradition ausgeklammert, auf die sich Dick immer wieder berufen hat: sie reicht in der Dichtung von Rabelais/Fischart, Johann Beer, Jean Paul zu Nestroy, Karl Kraus, Karl Valentin, über den »Volxschriftsteller« Arno Schmidt bis Heinz Erhardt. Dick reklamiert für sich die »schockierende Freiheit, sowohl volksnah als auch artifiziell innovativ zu schreiben, Karl Valentin *und* Paul Valéry, Canetti *und* Heinz Erhardt, Ernst Mach *und* Giacometti zusammenzudenken, Horaz *und* – wer isser denn, hää!? – sich selbst: Ein kleines Feld – DIN A4 – und Stolz genug, des Pöbels Schmäh zu spotten.« (SWP 324 und »Feldstörung«). Auch die philosophischen Geister, auf die er sich gerne beruft (Hume, Locke, Lichtenberg [!], Mach, Mauthner), gehören nicht gerade zur Gegenaufklärung.

Aus allem bisher Gesagten ergibt sich, daß es sinn- und aussichtslos ist, für diese Ausgabe einen vollständigen Sachkommentar oder gar einen Index der »schwierigen Stellen« zu liefern. Stattdessen möchte ich einige Sondierungen versuchen, durch die sichtbar werden mag, wie das »multiple Ego« operiert. Eine erste, besonders aufschlußreiche, gilt der Gegenwart und der Wirkmacht der »bewunderten Meister«, die in »Widmungsgedichten« namentlich genannt werden. Einer von ihnen, Ludwig Marcuse, ist nur verschlüsselt präsent, am Schluß von »Rückkehr« (Theriak I): »Im Totenbaum, der meinem Leben Richtung gab.«

Aus den »Widmungen« werden drei herausgegriffen, die Huldigung für Elias Canetti im »Gedicht, das abhebt mit einem Reiher« (1980), die »Variation eines Themas von Ossip Mandelstam« (1984) und das längste aller seiner Langgedichte, der »Canto für Ezra Pound« (1985).

Wie am »Drillichsgesang« bereits gezeigt, schließen einander Lyrik und Satire nicht aus.

Seit Schillers »Über naive und sentimentalische Dichtung« gilt die Satire als jene Form der Dichtung, durch die die Entfernung vom Ideal oder der Natur in »strafender« oder »lachender« Form kritisiert wird. Dieser reflexiv-kritische Charakter der Satire läßt sie auf den ersten Blick als Gegenpol zur Lyrik erscheinen, als »Schlange unter den Blumen« (UD im Gespräch). Die »berühmte Schlange«, Mephistopheles' »Muhme«, kann in der Tat mit guten Gründen als Urmutter der Satire angesehen werden, da sie als erste konsequent den Verdacht erhebt, daß die Schöpfung vielleicht das Prädikat »Es war sehr gut« nicht ganz verdient. Und doch wird es keinen Satiriker von Format geben, der nicht lieber Gedichte über Blumen und Bäume schriebe. In Uwe Dick gehen häufig der Lyriker und der Satiriker ineinander über, Mythos und Naturmagie reiben sich an einer aggressiven Potenz, die sich mit dem Zustand der »verkehrten Welt« auf keinen Kompromiß einläßt. Vehement, Pounds »Canto LXXI« (»Lerne von grüner Welt erkennen, wo dein wahres Maß / An Erfindungsgabe oder rechtem Können«), Goethes Seher Lynkeus, ja Brechts »An die Nachgeborenen« zitierend, plädiert Dick für »das Lied der Sonne und das Lied des Baumes!« (SWP 71). Was bei Schiller und Karl Kraus polarisiert ist (Lyrik versus Satire), geht bei Dick oft eine unentwirrbare Vermischung ein.

Am Huldigungsgedicht für Elias Canetti tritt dieses Ineinander besonders deutlich hervor. Es handelt sich um eine Auftragsarbeit, die Uwe Dick 1980 auf meine Bitte zum 75. Geburtstag Elias Canettis für die »Hommage à Canetti« der Zeitschrift AUSTRIACA verfaßt hat. Der Titel des Zyklus »Das niemals vertagte Leben« ist identisch mit Zeile 12 des »Gedichts, das abhebt mit einem Reiher«. Welche Bedeutung Dick diesem Gedicht auch sonst zugemessen hat, läßt sich an seiner Publikationsgeschichte ablesen: 1981 erschien es in der »Sauwaldprosa« und im Gedichtband »Das Echo des Fundamentschritts« (ohne die erläuternden Zitatverweise), 1984 in der Briefpoetik »Im Namen des Baumes und seines eingeborenen Sohnes des Buntspechts«, ergänzt durch »Canetti-Sätze für die Lebenspartitur« (April 1982), 1987 wiederum in der erweiterten »Sauwaldprosa«, 1991 in »Das niemals vertagte Leben« (unverändert in der vorliegenden Ausgabe), schließlich 2001 in der bisher letzten Fassung der »Sauwaldprosa«. Am 15. Oktober 1981 hat mir Uwe Dick »Das Echo des Fundamentschritts« mit folgenden Worten gewidmet: »Nobelpreis für E.C.: für ein paar Stunden ist die Welt in Ordnung, *oder* sagen wir gerecht.« Diese bio-bibliographischen Hinweise mögen verdeutlichen, wie ernst es ihm mit der Widmung für Canetti, »(s)einen zweiten großen Lebenslehrer« (nach Ludwig Marcuse), war.

Der barockisierende Vorspann, der die säkularisierte Kantate (man könnte dafür bereits den Terminus Canto gebrauchen) ankündigt, spielt bewußt mit dem lyrisch-satirischen Doppelgesicht des Gedichts.

In der ersten Strophe herrscht ein geradezu an das »irdische Vergnügen in Gott« (Brockes) erinnernder Ton der Harmonie von Ich und Welt, eine Art »(Wirts-)Hausgemütlichkeit«, überhöht durch das Zitat aus einem Brief Mozarts: der Mensch als König in seinem kleinen Reich. Zweitrangigkeit der Literatur gegenüber dem Leben lautet das paradoxe Credo des Dichters. Diese Vision wird durch zwei Fakten gestört, die Stadtflagge und den Autoverkehr als Antipoden zu einer reinen Harmonie von Mensch und Natur. Der Fahnenlappen als Zeichen der patriotischen Besitzergreifung und der im mittelalterlichen Stadttor gefangene LKW, der »quer zum Strom« steht und steckt. Die Zitate von Canetti, Kraus und das verwandelte Goethezitat verschärfen den satirisch-zivilisationskritischen Aspekt.

Das Zeugma »was sollt' ich im Himmel? / … und Erde werden vergehen« intensiviert den Blick auf das Irdische, das auch das Memento mori (die Botschaft der Sonnenuhr) einschließt. Das verkürzte Christuszitat (Lukas 21,33: »Himmel und Erde werden vergehen, meine Worte aber werden nicht vergehen«) und die Worte des barocken Predigers Jordan von Wasserburg dienen eben nicht als religiöser Trost, sondern als irdischer Trotz: nicht vor Gott gilt es im Angesicht des Todes zu bestehen, sondern vor sich selbst. Canettis »Das Herz muß auf weit hin schlagen« dient als Kontrapunkt zur menschlichen Gemeinheit, als Aufforderung zu einer »Schule der freien Sinne«. Die irdische Zeit wird am Ende nicht durch die barocke Transzendenz aufgehoben und »abgestreift« wie die irdische Hülle, sondern durch den Vogel, der abhebt: ein ewiges Symbol der Dichtung.

Der trotzig-irdische Ton des Gedichtes ist bewußte Huldigung an den Lebenslehrer Canetti, der angesichts des Versagens der traditionellen Religionen zu einem Propheten der »verzweifelten Heiligkeit des Lebens« geworden ist.

Diese Heiligkeit des Kreatürlichen ist auch dem Gedicht »Variation eines Themas von Ossip Mandelstam« eingeschrieben. Eva Hesse hat unter anderem mit dem Blick auf dieses Gedicht gemeint, der Weg Uwe Dicks, dieses »erklärten Feindes des Todes«, führe »potentiell zu einer ›Thanatographie‹ statt zu einer Biographie, (...) oft mit einem Nachdruck, der seinen Freunden angst und bange machen kann«. Mandelstam war als Dichter und Mensch Opfer des stalinistischen Systems. Er sah sich selbst in seinen »Tristia« als »Meister des Abschieds«. Das Thema, das Uwe Dick variiert, verdankt sich ebenso der Dichtung Mandelstams wie präziser Eigenbeobachtung auf dem »Salamanderberg«, wie der Dichter seinen Wohnsitz in Altenburg über Brannenburg zu bezeichnen pflegte. »Das Wetterleuchten meiner Färbung sei mit euch!« ist das Grundmotiv der Variation: es bezieht sich konkret auf die besondere Wetterfühligkeit des Salamanders, verweist aber auch auf die Fähigkeit, politisches Unwetter anzuzeigen. Mandelstam, der todgeweihte Jude, schrieb: »Der Salamander ahnt nichts (...), doch der denkende Salamander, der Mensch, errät das Wetter des morgigen Tages – wenn er nur selber seine Färbung bestimmen könnte.« Die Gebetsformel (»Der Herr sei mit euch!«) überhöht wie andere Elemente des Gedichts (Negation des Namens Gottes »bin ich jetzt schon einer / der nie gewesen sein wird«; die Abwertung der Eucharistie »Solch erhöhtes Fleisch und Blut«; liturgische Anrufung »Salamander, Salamander«; Berufung auf die Alchemie) die Variation in eine Imitatio Salamandrae (»An seiner Statt ich«).

Die erste Strophe setzt mit einem unvergleichlich geschauten Bild des fliehenden Salamanders ein (»vier schwarze Zehensterne / barmwürdig ins Leere gereckt«). (In der Kritik an einem ungenannten Schriftstellerkollegen wird von Dick der Satz »Ein Salamander *huscht* über den Weg« als abschreckendes Beispiel für Ungenauigkeit und Unüberprüfbarkeit zitiert) (SWP 497). Der Salamander, Gegenbild »vormenschlicher Güte« zur gewalttätigen Selbstbehauptung des Menschen inkarniert durch: »malmende Schritte«, den »handsgemein« Schicksal spielenden »Stecken«, die »Herrenrasse«, »erhöhtes Fleisch und Blut«, schließlich die »toten Worte« der »Mein-Eidigen«. Gegenüber der »toten« Sprache derer, die gegen den ursprünglichen etymologischen Sinn des Wortes (»falscher Eid«) nur in ihrem eigenen Namen bei sich schwören. Diese Sprache, der ein satirisches »Spott bewahre!« entgegensteht, wird unhörbar am »Ohr der Doline«, der Wolfsgrube, dem Hörrohr der Unterwelt. Diese »Unterwelt«, Welt unter der Oberfläche, ist die buchstäblich »unterirdische« Welt des Salamanders. In diesem vormenschlichen, ja vororganischen Bereich (»Wo kein Wort gedeiht kein Baum kein Herz«) geht sein »Atemwerk«. Aus dem Fühllosesten »ertrotzt er Fühlfähigkeit«: Salamander atmen durch die Haut. Diese Sensibilität ist den meisten Menschen fremd geworden, der Dichter wie der Salamander – die Metamorphose setzt in der zweiten Strophe ein – ist offen für die Musik der Erze und Kristalle, für die Ekstasen der Gesteinsbildungen, zu Hause im »Bergwerk der Träume«.

Schon in »Tag und Tod« hatte Uwe Dick bewußt das Metaphernsystem der Alchemie auf seine Dichtung angewandt. Hier vollzieht sich eine perfekte Verschmelzung zwischen der realen Not des Tieres, seiner alchemistischen Funktion (Unzerstörbarkeit selbst durch das Feuer), seiner meist unterirdischen Existenz und der ausgesetzten Stellung des Dichters. Ich stehe nicht an, diese Huldigung an den verfolgten und getöteten Salamander Mandelstam als große Hymne aufs »Aufständische im Namen der Kreatur« zu lesen. Trotz der Schwärze des Tons (»ich im finsteren Gelaß / schwarze Blumen zählend«) ist das Ganze getragen von einem unbeugsamen Willen, sich nicht mit der »handsgemeinen« Herrenrasse »gemein« zu machen. Die Absage an die Menschengemeinschaft der »Oberwelt« erfolgt im Namen des Salamanderauges. Damit ist das Gedicht freilich nicht aus- und zu Ende gedeutet. Ein wichtiger Lehrer Dicks spricht hier mit: Günther Anders. Dem herrenrassischen »Gefährlich leben!« setzt er ein »Gefährde dein Leben sinnvoll« entgegen, wofür die russischen Märtyrer der Salamandersensibilität Zeugnis abgelegt haben.

»Munin ist tot. Tot ist Munin, / der Großrabe, / der Fechter im Käfig.« Diese Befürchtung aus dem Gedicht »Ohnmacht und Zorn« des Zyklus »Theriak«, im Winter 1971 in Venedig notiert, also nahezu ein Jahr vor Pounds Tod am 1. November 1972, verbinden Mythos und Geschichte. Munin (»die Erinnerung«) ist einer der beiden Raben der germanischen Mythologie, die Odin Kunde von der Welt bringen. Pounds »Cantos« sind eine der größten Unternehmungen simultaner kultureller Erinnerung der Weltliteratur. Dieser Großrabe (Ez-Ra[be]) der Erinnerung war nach dem Krieg aufgrund seines Eintretens für den italienischen Faschismus in einem Käfig des amerikanischen Straflagers in Pisa gefangengehalten worden, in dem er sich durch Fechtübungen fit hielt. Zum 100. Geburtstag Pounds 1985 hat Dick einen »Canto für Ezra Pound« verfaßt und anläßlich der Gedenkfeiern im Schauspiel Zürich gelesen, ein Großgedicht, in dem er nach eigener Aussage versucht hat, die Canto-Technik Pounds zu perfektionieren. »Ein Gedicht, das Geschichte einbegreift«, lautet eine Definition der Cantos durch Pound. (Selbstkommentar im »Editorial« von »Der Tod der Königin«.)

Dieses über 500 (519) Zeilen zählende Gedicht entspricht der Poundschen Forderung, daß es in der Dichtung »keine Clichés, keine fixen Phrasen, kein stereotypes Journalistisch« geben dürfe. Aus der geforderten »Präzision« und »Konzentration« ergibt sich ein Ausbruch aus allen Konventionen. Eva Hesse konstatiert für Pound, was ebenso für Dick gilt: »Wir finden deshalb in (seiner) Sprache eine Reihe von ungleichartigen Elementen: die Umgangssprache neben der wissenschaftlichen Wendung, das Parodistische neben der ernsthaften Ermahnung, das Ausfällige neben dem *terminus technicus.*« Auch gilt, daß »alle Zeitalter gegenwärtig sind« im literarischen Werk, »wo die wirkliche Zeit unabhängig ist von der scheinbaren und viele Tote Zeitgenossen unserer Enkel sind«. Die Verschränkung der Zeiten zeigt sich besonders am Ineinander der mythischen Instanz Odysseus (OYTIS), der literarischen Referenz Horaz (Odi profanum vulgus) und der an den im Gedicht mehrfach präsenten Karl Kraus gemahnenden satirischen Ausfälle gegen die »Widerwart«.

Im »Canto für Ezra Pound« werden die eingangs zitierten Gedanken Schopenhauers über die »Originalität« von Gedanken und Sätzen auf virtuose Weise Gestalt. Das Verfahren betrifft natürlich zunächst die Allgegenwart Pounds im Gedicht: er ist von Anfang an mit den Schlußversen des fragmentarischen Cantos CXV da. Wie bedeutsam dieser Canto für Dick war, zeigt nicht nur die leitmotivische Wiederholung von »Pappmaché«, sondern die Konstruktion der drittvorletzten und vorletzten Strophe: »Ein Wetterleuchten über den Marschen, / Wo der Strandhafer zur Flutwende zischelt«, »Das Licht singt allewege« und »Zeit, Raum / Weder Leben noch Tod ist die Lösung« stammen aus dem Canto CLV. Und vor dem Finale werden nochmals die drei Verse des Mottos zitiert. Übrigens mit einem bewußten (?) Irrtum: »In meine Heimat« wird zu »In meiner Heimat«. Parodistisch-satirisch erscheint es als »In mai-näär Ha-haimat« assoziiert mit bayrisch-österreichischem Trachtengejodel, aber auch als »da bin und bleibe ich Trotzkist – und fremd / ›in meiner Heimat‹«.

Das Motto gibt dem lyrisch-epischen Gewebe eine Grundstruktur vor: Heimat gibt es nicht für den »NIEMAND«, den See- und Sehfahrer Odysseus-Pound-Dick. Von Anfang an herrscht eine Fluchtbewegung (vgl. dazu das Salamander-Gedicht) weg von den Zwängen und Konventionen des »Humanismus« und seinen ideologischen Ordnungen und Diktaten: »Nein, ›in meiner Heimat‹ bin und bleib ich / fremd.« Der Satz »Ich sehne mich nach Menschen meines Schlags« stammt vom jungen Pound (1905) und autorisiert gewissermaßen Dicks »Nein, wir bleiben auf dem Siezfuß, Leute« oder seine sprichwörtliche Theriak-Formel »Es trennen uns Welten, Herr Nachbar«. Diese Absage an die »Heimat«, empfunden als eine einzige entfremdete Gegenwart, hat ihre Wurzeln in einem der bekanntesten Cantos von Pound, Nummer XLV, gewidmet den Verheerungen, aber auch der Ohnmacht des Prinzips USURA, Pounds Chiffre für das kapitalistische System. (In der »Sauwaldprosa« hat Dick den ganzen Canto und dazu die Weiterübersetzung in ein mittelalterliches Tirolerisch – »Mit'n wuichern« – durch Siegfried de Rachewiltz abgedruckt, SWP 278 – 281.) Dick zitiert daraus »Bei USURA bleibt dir dein Brot trocken Papier, / Kein Weizen vom Bergacker, /

Kein kernig Mehl …« »Sprachlaib« und der selbstgebaute »Buchweizen« nehmen sprachspielerisch dieses Motiv auf. Uwe Dick IST der große Dichter der ökologischen Bewußtwerdung und darum auch der dem Unwesen USURAS wehrlos ausgesetzten Kreatur. (Kraus über den toten Hund, das Wissenschafts-KZ der Tierversuche.) Sein »trotz-kistisches Glaubensbekenntnis ist die paradoxe Umkehrung USURAS: »Was ich gebe, kommt mir reichlich zugute. / Was ich nehme, macht mich verarmen.« Das Leit-Motiv des »Pappmaché«, das schon in Pounds Gedicht »Phasellus ille« (aus »Personae«) als »papier-mâché« erscheint und die Zeitungsphrase ironisiert, wird in Dicks Canto im gleichen Sinn unter Verwendung der Sinnreime »Papierkauer, Papperlapapp (2 x), Pappenheim« abgewandelt.

Das »papier-mâché« umfaßt aber nicht nur die totgeborene Sprache des Journalismus. Für den NIEMAND gehört dazu der »imposante Quatsch, der Mundwind von Wichtigkeiten«, das heißt der gesamte Bereich von Metaphysik, Ideologie und Religion. Den vorgestanzten politischen Antagonismen (Individualismus-Sozialismus, Altruismus-Egoismus, Kommunismus-Anarchismus) antwortet der Dichter mit einem schlagenden »Omnia vestra mecum porto«. Dem »sich selbst denkenden Ich« des deutschen Idealismus wird die Fähigkeit zur Wahrnehmung und Verwandlung im Namen des Poundschen »Ubi amor, ibi oculus« entgegengesetzt, »Vielfalt statt Einfalt« (SWP 501).

Der Canto für Pound enthält auch die intensivste Auseinandersetzung mit der Frage nach dem poetischen Ich. »Eine Biographie ohne Ich« lautet der Untertitel von »Pochwasser«. Auf den ersten Blick ist Uwe Dicks Beteuerung, »ichlos« zu schreiben, eine aufreizende Provokation: ein Selbstbewußtsein von seinem Kaliber gehört selbst unter Literaten zu den Seltenheiten. Dennoch muß diese Behauptung ernstgenommen und auf ihren

Wahrheitsgehalt überprüft werden. Ist die Identifikation mit dem »alten Schlauberger: Odysseus immortalis«, die er mit Pound (und Elias Canetti) teilt, mehr als eine Pose? Im Canto kreist Dick die Frage nach dem Ich zweimal ein: zunächst am Anfang nach der ersten großen Flucht- und Abgrenzungsbewegung. Er bezeichnet sich selbst als »Vokativus, ›von dem man nie ganz weiß‹«, als »Kerkop« oder als Schamane, jedenfalls als einen mit einer fragwürdigen Identität, als Heimatlosen in dem Sinn, daß er sich allen Schablonen und Wertordnungen der Welt entzieht, als Proteus und Trickser also.

Positiv gewendet wird diese Fähigkeit des Sichentziehens so formuliert: »Nein, ich beharre nicht auf meinem Ich, / bin, was ich sehe. So genüg ich mir / Wenn ich ins Schauen mich verlier' / und ichlos Wolke bin und Baum und Wind ...« Daß dieses »Programm« im Gedicht selbst eingelöst wird, wird noch zu zeigen sein. Ebenso bedeutsam wie diese Verwandlungen, die auch Tier und Gestein einbeziehen, ist die Rolle der Ichaufgabe in der Anverwandlung der Sprachwelten anderer, nicht zuletzt der Toten. Dick läßt »die Sprache, die bereits *Epik* ist«, erzählen (...), da sie, »ein unvordenkliches System von Zitaten«, sich selbst singe und sage. Das klingt wie angewandte radikale Theorie der Intertextualitat, hinter der der Autor verschwindet. Allerdings schränkt Uwe Dick diese Sprachallmacht sofort ein: »Nur übereigne ihr nicht die Wahrnehmung. Traue ihr nicht – es ist schon *alles* gesagt! – ? – vor Eisenhut und Schwarzspecht.« Es ist diese Überzeugung, inkarniert im Poundschen »Ubi amor, ibi oculus«, die Uwe Dick von der experimentellen Moderne trennt, die außerhalb der Diktatur der Zeichen nichts mehr *hören und sehen* will. Dennoch ist ein guter Teil des Canto Zitat und/oder Spiel, das die Sprache (mit sich) treiben läßt. Das Wortspiel, das sich der Sprache selbst, insbesondere ihren erstarrten sprichwörtlichen

Reden verdankt, ist eine Domäne, die Uwe Dick wie sonst nur Karl Kraus und Arno Schmidt beherrscht.

Hier nur zwei extreme Beispiele des Zitierens. Innerhalb des Canto erscheinen zwei vollständige Gedichte ohne Angabe des Verfassers, »Ein Mädchen« (S. 43) in Kursivdruck (der Pound-Zitate signalisiert), »Bis ein Brecher …« (S. 53) ohne typographische Kenntlichmachung. Das erste Gedicht stammt aus Pounds »Personae«, das zweite ist ein Selbstzitat der »Ansichtskarten aus Wales«, das später auch als letzte Strophe in »Planetarisches Salz« einmontiert werden sollte. In Dicks eigenem Gedicht steht das Wort »ichverlöschend«, um die machtvolle Verwandlung ins ozeanische Element anzuzeigen. In der Tat wird es schwerfallen, die Textur des Canto fein säuberlich in seine »vorgegebenen« Bestandteile zu zerlegen. Der Dichter ist in der Tat ein diebischer Kobold à la Kerkop.

Exkurs: Religion und irdisches Paradies

Der »Canto« eignet sich ausgezeichnet, einen wesentlichen Komplex von Dicks Gesamtwerk (in Prosa, Drama und Lyrik) zu artikulieren: seine Haltung gegenüber Metaphysik, Ideologie und Religion. Manchem mag er in diesem Punkt als besonders wortgewaltiger Epigone Nietzsches oder Freuds erscheinen, aber gerade der »Canto« macht sichtbar, daß Dicks Poesie über das kritisch-satirische Potential weit hinausgeht. Es kann hier nicht darum gehen, nach den Gründen für Dicks fundamentale Feindschaft gegen alle etablierten »Kirchen« zu suchen. »Rom, Moskau und Jerusalem: alleweil Glupsk.« Der gemeinsame Nenner für die Hauptstädte der Religionen und Ideologien heißt »Glupsk«, ein jiddisches Wort slawischer Herkunft, das dem deutschen Schilda entspricht. Das »Lalebuch des Herrn« bedeutet gleichfalls Buch der Narren. Man kann bei Uwe Dick ähnlich wie bei Elias Canetti ein unersättliches Interesse für Mythen wahrnehmen, das mit einer konsequenten Ablehnung der etablierten Großreligionen parallel geht. Die Mythen (vor allem sogenannter »primitiver Völker«) sind – noch – Signaturen der menschlichen Verwandlungsfähigkeit, das Hingezogensein zu Schamanismus und Animismus entspricht im Grunde dem »anarchischen Überschuß« der poetischen Ek-stase, das heißt der Fähigkeit, aus sich selbst herauszugehen und sich und seine Energie (amor) auf die Welt zu übertragen. Der Mythos ist also fluid im Gegensatz zu dem starren Regel- und Dogmensystem der massenbeherrschenden Weltreligionen und ihren säkularisierten Ersatzformen.

Worin liegt der Kern von Dicks Kritik an der Religion? Im »Canto« setzt die direkte Polemik gegen die Religion in der dritten Strophe ein mit dem »Haß auf Wortweltweisheit«, sofort als »Quatsch« abqualifiziert. Das religiöse Vokabular (»letzte Dinge«, »Höheres«, »Sünde«, »Himmel«, »re-ligio«, dazu das Dali-Zitat über »jede Menge Erzbischöfe, Gebeine und Monstranzen«) wird einer sprachspielerischen satirischen Behandlung unterzogen, deren Zweck ein doppelter ist: einerseits geht es darum, den biblischen Schöpfungsmythos von der Gottebenbildlichkeit der »Krone der Schöpfung« zu entwerten, andererseits ist der religiös »gebundene« Mensch nichts als eine Marionette aus Pappmaché. Die Metaphorik (Puppen, Draht nach oben) erinnert an Rilkes radikale Kritik an der Kirche, insbesondere in der 10. Duineser Elegie. Religion als Signum des »höheren« Menschen im Gegensatz zum Tier wird als Lug und Trug, nicht als passive Illusion, sondern trotz ihres »närrischen« Charakters als bewußt eingesetztes Herrschaftsmittel beschrieben.

Dieser Herrschaft entzieht sich der Dichter als »unsicherer Kantonist« in seine »luftigen« »Felder« (vgl. DIN A4 in »Feldstörung«).

Uwe Dick ist seit dem »ÖD« immer wieder der Blasphemie und Religionsstörung bezichtigt worden. 1996 hat er diesen Komplex im HörBuch »Wer einen Dachschaden hat ... der ist freilich offen fürs Höhere. 77 Gottesafforismen zur Toleranzprobe nach einer kirchenamtlichen Religionsstörung« in einer rabiaten Suite abgehandelt. Dort (S. 15) findet sich wie im »Canto« das Wortspiel vom »Gottsn«. Die andere Seite der Blasphemie ist abzulesen am Titel »Im Namen des Baumes und seines eingeborenen Sohnes, des Buntspechts«.

Im »Canto« benützt Dick eine Art kontrapunktischer Struktur. Der halluzinatorische Aspekt der Religion ist besonders absurd, wenn er auf die Nation übertragen wird, das Phänomen »Nationalgott«, das Schopenhauer und Karl Kraus im besonderen am altjüdischen und neudeutschen Halluzinationalismus diagnostiziert hatten. Dick trifft aber über diese Häresie hinaus den Kern des Phänomens, die Selbstvergottung des Menschen. (»Sie sagen Gott und meinen sich / und wollen angebetet sein.«) Dem Menschen mit künstlichem Blut (Ketchup im Herzen) stellt Dick das immer »authentische« Tier gegenüber. Dem kirchlichen Glaubensbekenntnis antwortet das poetische im Einverständnis mit Pound (»Ezra, unsere Stunde!«) das schon zitierte »Ubi amor, ibi oculus« (Canto XC). Empathie mit Tier, Pflanze und Stein, die Uwe Dick den Vorwurf, »Naturlyriker« zu sein, eingebracht hat. Es folgt eine rauhe Parodie-Zurücknahme des »Ave Maria« (»gebenedeit«, »Schwangerschaftsmythologie«, »Vergottung der eigenen Brut«, »Gottesgebärerinnen«) und des »Brudergesangs« der 9. Symphonie. Die von der »vergotteten Brut« erzeugten »Müllionen« nehmen den anderen Kreaturen, dem »Brudertier« das »Atemrecht«. Am Rand sei vermerkt, daß in der Frage der Schwangerschaftsunterbrechung bei Karl Kraus alles vorgedacht ist mit Ausnahme der Einbeziehung des christlichen Mythos von der Gottesmutter. Die »verkehrte Welt« jener (»die!«), deren Augen »verhornt« sind, äußert sich im verkehrten Gebet: »Knien im Müll / und preisen Ihn, der alles schuf.«

Gegen diesen Religions-Abfall setzt Dick das Poundsche »Ich sehne mich nach Menschen meines Schlages« und seine Vorstellung von »Glück« und »Paradies«. Entscheidend ist hier (S. 48) das Zitat »›Le paradis n'est pas artificiel‹. Doch anscheinend spezzato / Nur stückchenweise vorhanden / Der Duft von Minze zum Beispiel«. In der Tat fordert der Dichter eine Art irdisches Paradies ein, das durch die Öffnung der Sinne gewonnen wird: die Natur in allen ihren Erscheinungsformen, Farben und Tönen, Musik und Tanz (Kolo), Menschenfreundlichkeit, Essen und Trinken (Vinocillin, Kratoska), aber auch – »winkelgerechte Arbeit«.

Dieses »Lob der (dichterischen) Arbeit« – siehe dazu die Überlegungen zum »Drillichsgesang« – hat in Uwe Dicks Vita einen besonderen Stellenwert, den Eva Hesse sehr klar bezeichnet hat. Es geht um den Zusammenstoß des Dichters mit der kulturkritischen Ideologie von 1968:

»... hat nie eine Zeile für die Arbeiter geschrieben.«
War aber einer, wie jeder Satz bezeugt.
Elitär? – sind vornehmlich Leute,
die so tun, als gäbe es nur sie, als seien
Frosch und Igel gar nichts, z. B.

Der Vorwurf des Elitären wird hier harsch zurückgegeben an jene Ideologen des Fortschritts, die Kunst und Natur als nutzlos deklarierten. »Die Natur fürchtet Eintönigkeit.«

Die rhythmische Lust des Kolo-Tanzes, der Lebensruf (»Živeli« bedeutet »Es lebe!«) ist eine Absage an alle christliche Transzendenz, ein Gegenritual der Vitalität, der Freiheit bis zur

Anarchie: »Leibseligkeit« statt »Gottseligkeit«, »Auferstehung« als »Wandlungs- und Verwandlungsprozeß« von Natur in Kunst.

Dieser Lobgesang des irdischen Vergnügens wird unterbrochen von einer Tirade gegen die Disziplinierung von Baum und Blume, gegen die Reduktion der Farbe aufs tödliche Schwarz (SS und Soutanen). Dem antwortet das Mädchen-Gedicht Pounds: »eine Torheit für die Welt«, also wahre Religion. Das karikierte Bild der Religion ist regional gefärbt: »bestickte Hosenlätze« zieren die »Gleichnisse Gottes«, die göttliche Alleinherrschaft für sich beanspruchen. Diese aus der Genesis sich herleitende Herrschaftspose führt zum Martyrium der unschuldigen Kreatur: von Gottes Ebenbild (dem »Gemengele aus Blut und Phrasen«) werden die Tiere »gekreuzigt«. (Hier ist auf die unabweisbare Parallele zu Hans Wollschlägers an Karl Kraus geschultem Meisteressay »Tiere sehen dich an. Das Potential Mengele« zu verweisen).

Ein weiterer Kontrapunkt, von Pound und Dick gegen die Welt des technologischen Fortschritts gerichtet, trägt den Namen VENEDIG. Uwe Dick hat der Stadt ein eigenes HörBuch mit dem Titel »Der Tod der Königin. Die venezianischen Gedichte« gewidmet, in dem auch der zweite Teil des »Canto« (ab Seite 45) enthalten ist.

Die Begegnung Dicks mit dem armen, alten und »blinden Homer« in Venedig enthält nicht nur emblematisch den Beginn des ersten Cantos von Pound (»Kiel gegen Brecher gestellt, Bugspriet aufs heilige Meer«) und die »Fährnisse dreier OdysSeh-Fahrer«, sondern dient als Folie der Abrechnung mit der Welt des modernen Fortschritts. Dicks und Pounds Venedig gehört trotz seiner Bedrohtheit und Todesnähe weniger in die Tradition der Dekadenz-Mythologie der Jahrhundertwende (Thomas Mann, Hofmannsthal, Schnitzler, Trakl, Rilke) im Gefolge Nietzsches, sondern ist ein hohes Zeichen des Widerstandes gegen jenen

Geist der Moderne, der wie der Futurist Marinetti die technisch-maschinelle Zerstörung dieses alten Erbstücks Europas durch Bomben und seine Ersetzung durch eine Industrielandschaft herbeiwünschte. Die Odys/See/Sehreise nach mythischen Orten wie Ithaka, Wagandu (Pound) und Mangaseja (Dick) geht vom »heiligen Meer« der »kühnsten aller Städte aus«. Venedig wird zum Zeichen eines harmonischen Idealzustands (wo »Ordnung nicht Zwang ist«), symbolisch hervorgehoben durch die von der herrschenden Macht unabhängige »Wasserschaft«, eine Art ökologisches Ministerium.

Mit Pound und gegen USURA entwirft Dick ein fast heiles Gegenbild zur verlorenen mythischen Harmonie. Dazu muß über den Menschen hinausgegangen werden: das liturgische »Sursum corda!« wird nach der pejorativen Litanei »Der Mensch, der Mensch!« zum Imperativ »Ziele höher, mein Herz«. Es geht um eine »Wendung«, eine »Lichtwende« im Namen der Schwalbe. Und nicht mehr des anthropomorphen Gottes.

Die religionskritische Grundhaltung durchzieht das lyrische Werk Dicks von »Tag und Tod« an. Die am »Canto« ablesbare Grundtendenz dieser Kritik und der »Theriak« (das Gegengift), den der Dichter braut, sollen hier gerafft vorgestellt werden. Eva Hesse hat in ihrer meisterhaften Analyse der mythischen und historischen Ahnen Dicks von Hermes Trismegistos bis Mandelstam jenes in die Augen springende Phänomen ausgeklammert, das mit dem Buchstaben C von Dick in der »Sauwaldprosa« folgendermaßen charakterisiert wurde: »Wir wollen in kindlichem Ernste (...) das C weiterhin denen lassen, die uns nicht mehr täuschen sollen nach Gut und Blut zweitausend Jahren.« Im Anmerkungsapparat, der ursprünglich »Tag und Tod« begleitete, hat Dick alles Christliche ausgeklammert bzw. für so evident gehalten, daß es keines Kommentares bedarf.

Doch lohnt es sich, der christ-katholischen (Blut-)Spur auf der Initiationsreise des (blinden) Dichter-Sehers nachzugehen. Schon in dem von Dick selbst stammenden Motto des frühesten Zyklus »Geh in die Hölle: geh in Dich!« wird bewußt – vielleicht auch in gezielter Opposition zu Sartres »Die Hölle sind die anderen« – der Zentralbegriff des religiösen Terrors psychologisiert. Und sofort wird die Kernerzählung der Genesis, die Geschichte vom »Baum der Erkenntnis«, ihrer (un)heilsgeschichtlichen Bedeutung entkleidet, und die »Magd des Herrn«, Maria, die Mutter Jesu, ist »vielleicht« bereits ersetzt durch eine bayrische Gebärerin und Säugerin eines künftigen Gottes. (Dick läßt sich selten die Suggestivkraft merkwürdiger Ortsnamen entgehen.) Enttheologisierung der Welt also.

Im zweiten Gedicht (»Lob des Goldes«) wird das Thema des »Baumes der Erkenntnis« alchimistisch säkularisiert: »mein Azoth / läßt erröten deine Früchte / zu Früchten der Erkenntnis«. Eine versteckte Erinnerung an die »Muhme, die berühmte Schlange« ist enthalten in den Zeilen »meine Dimension / die des Bürgers Hund zuweilen wittert / (dann sträubt sich sein Fell)«. Azoth ist das Wort, mit dem der Alchimist den Verwandlungsprozeß der Materia prima in Gold begleitete. Es steht hier für die weiße Magie der Verwandlungsmacht der Dichtung, die den Tod überwindet. Auch das eine Säkularisierung christlichen Sieges über den Tod. »In jener Nacht« scheint auf den ersten Blick auf die Christ- oder Osternacht anzuspielen. Doch geht es hier um den Beginn der Initiation des werdenden (schamanischen) Sehers, der die Natur als planloses Chaos von Schöpfung und Zerstörung erfährt. Gleichzeitig wird in der Tat die »mater dolorosa«, die »Mutter des Lammes« beschworen, allerdings in einer unheimlichen Begegnung mit der »Engelmacherin«, der Abtreiberin. Überhaupt herrscht in diesem Gedicht eine Atmosphäre vergleichbar der Schöpfungszurücknahme in Trakls »De profundis«. Anstelle des biblischen Pneumas tritt der »schwarze Todeswind« Gottes, eine Art wilder Geisterjagd.

Am radikalsten wird im vierten Gedicht (»Ich ging hervor«) nach der Evokation diverser kosmogonischer Mythen mit den christlichen Elementen umgegangen: der Schöpfungsmythos des Alten Testaments wird verkehrt. Der Autor übernimmt die Grundeigenschaft Gottes im Credo, »Ich / Dichter des Himmels und der Erde«, es wird nicht geschaffen durch Gottes Wort, sondern schafft sich selbst. Dieselbe Umkehrung erfährt der magisch-religiöse Fundamentalsatz des Christentums, »Dies ist mein Leib«.

Das Volk durchschaut das »Hoc est corpus« als Hokuspokus. Konsequenterweise hört das Seher-Ich auf seiner Initiationsreise die »Seufzer des sterbenden Gottes«. Sein vergehender Odem geht gleichsam auf die Menschen über, deren Atem die Welt bewohnt und bewegt. Doch alle mythischen Initiationen können genauso wenig wie das Christentum eine Antwort geben auf die Frage, »warum man uns am Ende die Mäuler stopft mit Erde« (Heine, »Lazarus«). Die paradoxe Antwort »C'est la vie!« (»So ist es halt, das Leben!«) nimmt dem Tod zwar nicht seinen Stachel, wohl aber das religiös-philosophische Brimborium, in das der »Boandlkramer« gerne gehüllt wird.

»Die Riesin« ist eine polemische Allegorie gegen die katholische Kirche, die die Erlösungsbotschaft des Lammes in angsterzeugende menschenzerstörende Rituale und Institutionen verwandelt hat. Die Stellvertreterin Gottes auf Erden vernichtet diesen ohnehin »blinden« Gott – blind wie die schöpferisch-zerstörende Natur – endgültig.

In »Die Rede des Toten« vollzieht sich ein schamanischer Initiations- und Verwandlungsprozeß. Der Dichter-Seher wird von seinem mythischen Vorfahren Hermes Trismegistos geführt und belehrt. Uwe Dick hat selbst ursprünglich in seinem Kommentar die diversen Mythen und Figuren erläutert, die das Gedicht »durchziehen«. Sie sind überzeitlich, da der Unterschied zwischen Lebenden und Toten aufgehoben ist. So ist es möglich, daß auch die biblische Mythologie (die alte Feindschaft zwischen Gott und Teufel, Jubal [Moses I,4,20–21] als biblischer Orpheus, Christus, der Fisch) in die schamanische Reise einbezogen wird. Wesentlicher aber in unserer Optik ist einerseits der Bezug auf das »Gebet des Herrn« (Im Namen des Vaters; vergib ihnen unsere Schuld), andererseits das Spiel mit den »Namen« Gottes (der Angenehme Unbekannte; das Große Dreieck). Hermes Trismegistos hat erkannt, daß sein Schüler in der Goldmacherkunst ein Verächter Gottes *und* seiner übelsten Erscheinungsform, der des Mammons, ist. (Die »Gottesnamen« wurden nämlich für besonders große in Sibirien gefundene Goldnuggets gebraucht.) Der Dichter geht nicht den Weg zum Gold-Gott, sondern die »Wladimirka«, die Straße, auf der Verbannte und Ausgestoßene der Gesellschaft nach Sibirien ziehen. Der vom Meister eingeweihte Jünger ist kein »Eingeborener« (der unigenitus aus aller Ewigkeit des Credo), sondern ein »Zweigeborener«, verwandt dem »Zwiefalter«, ein Herr mythischer Verwandlungen, der einem Gewitter gleich (uraltes Bild für die Epiphanie Gottes/Zeus') die Konventionen durchbricht. In der »Verwandlung des Steins zur Blume« sehe ich den Inbegriff der poetischen Magie: das Erstarrte, Schweigende, die Urmetapher des Unwandelbaren wird zum dichterischen Wort (so wie Rilke den Gebirgsenzian als »Wort« bezeichnet hat, das der Wanderer heimbringt). Der Schluß des Gedichtes erinnert deutlich an den Hyakinthos-Mythos der Ovidschen Metamorphosen, den Trakl in seiner Elisfigur vergleichbar alchimistisch gestaltet hat.

»Ein seltsam Land« hat unter anderem den Namensbann als Thema. Dem Genesis-Mythos von der Erschaffung der Welt und des Menschen durch den »Namensgeber« Gott antwortet der Vers »Wir alle kommen aus dem Namenlosen«. Zwischen dem Zeugma »tiefer / rührt unser / Schweigen / ist Gold« und dem platten Wortgeschwätz (Computergermanistik als satirisches Exempel) gibt es die Sprache der Dichter, »Sprache aus Bildern erbaut«. Jubal, Firdusi, Gongora – bewunderte Ahnen – beugen sich der metaphorischen Macht der Volkssprache, deren Vokabel für Wolkenbildungen der starren lateinischen Terminologie weit überlegen sind. Das Schlußgedicht des Zyklus, »Abschied«, endet mit der fiktiven Grabschrift des Dichters, in der jede Form der persönlichen (d. h. monotheistisch fundierte) Mensch-Gott-Beziehung (»von Angesicht zu Angesicht«) gelöscht ist zugunsten einer Vielfalt (ALL ist Dicks Lieblingswort!), inkarniert in einem »Baum / voll von singenden Drosseln«. Zehn Jahre später hat Uwe Dick sein poetisches Credo »Im Namen des Baumes und seines eingeborenen Sohnes, des Buntspechts« überschrieben.

»Tag und Tod« bildet einen in sich geschlossenen mythopoetischen Zyklus, in dem sich hochpathetisch Uwe Dicks Selbstbestimmung des Dichters angesichts der Proklamationen übers Ende der Dichtung vollzieht. Symptomatisch für den Weltzustand sind die »Stationen«, darunter das »Gottesgericht«, das leicht zu entschlüsseln ist als der blindwütige Angriff der linken und rechten Ideologen gegen den »Seher«. Der »große grüne Baum«, das heißt der Dichter fällt: eine Sünde wider die Ökologie des Geistes mit katastrophalen Folgen. Dem antwortet das dichterische Wort, repräsentiert von Mandelstam (»Wissenschaftler des Abschiednehmens«) und Pound, dem stummen, blinden Greis und Bewahrer des Mythos.

In »Theriak« (wörtlich der »Heiltrank«) ist die »Religionsstörung, um zur Andacht zu kommen« (Karl Kraus) weniger offenkundig, obwohl schon das erste Gedicht (»Rückkehr«) »memento mori« (una harum ultima) und Totengedächtnis (für Ludwig Marcuse) ist. Wie Elias Canetti konstatiert Uwe Dick das Versagen der Religionen in ihrer ureigensten Funktion als »consolatio«. Das Herbst-, Beinhaus- und Friedhofsgedicht mit dem Oxymoron »Die Augen schließend, sehe ich« als Titel (vgl. der blinde Seher, des Blickes Tagnacht, die Pound-Homer-Thematik) konstatiert »Und von der Hand des Herrn / zur Dornenkrone spannt / ein Kanker stumm sein Netz«. Den Herrgottswinkel beherrschen die Spinnweben ... Die Klage über die sterbende Königin Venedig und die vorweggenommene Totenklage über Pound (»Ohnmacht und Zorn«) verneint die christliche Überwindung des Todes mit einem fragenden Fluch: »Raubvogel Tod, / wer schlägt dir je die Krallen ab?!« Dicks Antwort auf die magere biblisch-christliche Buch- und Symbolwelt ist eine magisch-schamanische Ekstase. »Der Schamane/Druide gibt mir seinen Sprachleib/laib« (UD im Gespräch mit dem Verfasser). Daher das Credo der Identität von Bildern und Leben. Dem »bilderlosen Dasein« (der Menge) setzt er sein »Es lebt, wer sieht« entgegen. In »Einhörner tänzeln zur Tränke« treibt Uwe Dicks »Ahn« ein anagrammatisches ironisches Ritual (Agla) mit Gottesnamen, darunter dem biblischen Adonai. »Des Wachtelkönigs Schnarr löst eine Träne« ist eine Suite von an Hieronymus Bosch gemahnenden nächtlichen Alpträumen, in denen das Christliche vor allem karikiert (»Der Eselsköpfige am Kreuze«, »Tod im Beichtstuhl«, »nackte Nönnchen«) oder furchterregend (»Heulen und Zähneklappern«, »Hexenschnüffler«) mitten in einem wüsten mythischen Panoptikum auftritt. Das Krähen des Hahnes kündigt hier nicht den Verrat an, sondern die Flucht von »König Finster« vor einem lichtbringenden »Gegenreiter«. »Theriak« mündet in eine Apotheose des Dichters: »Ich bin das Herz der Welt. / Setz ich aus, fällt die Welt.«, die jegliche Transzendenz leugnet: »Heute leb ich, heute, heute: Tausend Jahre sind mein Tag.« Der Allgegenwart von Tod und Mord wird durch den Dichter, der wie Gott über die Zeit verfügt, eine Verklärung und Heiligung des Lebens im Hic et nunc entgegengesetzt. In einem Werk, das von Götter- und Dämonennamen wimmelt, wird der Name des EINEN »eitel genannt«, ja verleugnet. Im »Triptychon für A.C. und A.Z.« (1998) heißt es beschwörend: »nein, nicht beten zum ich, der ich / das ist bin, das war und das wird. jeder himmel / hat seinen eigenen namen. der staub von worten bleibe / unbeschworen.« Mit der Leugnung des Namens »Gott«, der Tautologie – »Selbstsetzung« – des Ichs schlechthin, wird nicht nur die Vielgötterei rehabilitiert, sondern auch das poetisch-philosophische Zentralprogramm, die Verwandlungsgabe des Ichs, eingefordert. Logischerweise hat in dieser Sprach- und Bildwelt die Zeit des Kirchturms keine Macht und Bedeutung mehr.

Im Zyklus »Das niemals vertagte Leben« gehört nur das erste Gedicht »Landschaft« unmittelbar zur Bildwelt von »Tag und Tod«. Konsequent wird dort die christliche Symbolwelt entwertet (Kreuze, Engel, Palmzweige als »Wegweiser«, vor allem aber der tote »Fisch Christus« selbst: das Anagramm von Jesus Christus Gottes Sohn Erlöser ergibt auf griechisch das Wort ICHTHYS, Fisch). Ihr gegenüber steht ein durch und durch ahumaner, an den die eigenen Kinder fressenden Kronos erinnernder, rülpsender alttestamentlicher Gott Zebaot, der die Gestalt des zeitenthobenen Meers angenommen hat, auf dem der Fischkadaver des Christentums treibt. Wie schon in »Tag und Tod« ist die Genesis entpersönlicht zu einer namenlosen Urzeugung, die untrennbar vom Tod ist. Dieses »Desolato«, markiert durch das dreimalige »Die Möwe fliegt nicht mehr«, schließt mit der radikalen Entwertung des religiösen Begriffs der Ewigkeit.

Bewußt kontrapunktisch dazu ist »Herzynische Sekunde« komponiert. Das sakrale Inventar (Altar, Orgel, Säulenstille, Nebelengel, Felsenfuge) dient hier der Herstellung eines optisch-akustischen heiligen Naturraumes. Die Schlußstrophe »Träumende Zeit / unter Farnsegeln, / treib ich im Blockmeer« ist offensichtlich eine bewußte Kontrafaktur zum mit dem Bauch nach oben treibenden Christus. Es geht hier um das zentrale Thema des Zeitbewußtseins. Dick verweigert das vom Christentum verlangte Opfer des »niemals vertagten Lebens«, aber ebenso heftig ist seine Ablehnung aller maßlosen Kurzzeitphänomene, die im Namen des linearen tempogepeinigten Fortschritts das Ich bedrohen. (»›Und der Fortschritt?‹ … schritt fort und ward nicht mehr gesehn.« [S. 51]) Franz Innerhofer hat zum selben Thema gesagt: »Ich kenne das Maß nur vom Handwerk her, der Fortschritt hat kein Maß. Fortschreiten ist immer nur schreiten und fort.« (Literatur und Kritik 361, 2002, S. 34) Im Grunde sind das die von Karl Kraus über den »Fordschritt« im Namen des Ursprungs erlassenen Anathemata. Umso gewichtiger ist die Konstruktion der Gegenposition. Provokant ließe sich das poetische Programm so formulieren: der »Seher« – und ein Kultus des Auges und des Bildes durchzieht Dicks Werk – verabschiedet die religiösen und metaphysischen Gebäude der abendländischen Tradition und hält ihnen einerseits die ungeheure Vielfalt mythischer Traditionen, andererseits eine Art poetischer »Physik« entgegen. Diese ist von zwei Polen bestimmt, dem luftigen des fliegenden und singenden Getiers (nach Platon ist der Dichter etwas »Beflügeltes«) und dem granitenen Fundament mit seinen kristallinen Strukturen, die dem Dichter ebenfalls »entgegensingen« (S. 204). Auch das »planetarische Salz« gehört in diese Kategorie. Verwandlungsfähigkeit bedeutet also zutiefst die Gabe, aus der bloß menschlichen Zeiterfahrung auszubrechen in die Rhythmen von Tier, Pflanze und Gestein.

Was Eva Hesse auf den ersten Blick zu Recht als Neigung zu einer pathologisch-selbstzerstörerischen Misanthropie wahrnimmt, die ihr Angst um den (und vor dem) Dichter einjagt, ist in Wahrheit diktiert von der Suche nach der »gerechten«, »maßvollen« Stelle des Menschen in der Welt. Daß es dabei oft auf Kosten »des Menschen« (»der Mensch, der Mensch!«) zu einer säkularisierten »Heiligung« der durch die menschliche Hybris gefährdeten Natur kommt, entspricht einer Logik, die dem lyrisch-satirischen Wahrnehmungsvermögen (Kraus, Pound, Canetti) inhärent ist. Die »herzynische Sekunde« von 1977, also die Zeit der »Hercynia silva«, womit u. a. der Böhmerwald gemeint ist, bildet die Vorstufe zu dem Gedicht von 1995, das dem letzten Zyklus des Bandes »Im Böhmischen Meer« den Titel gegeben hat. Der Titel hat nichts mit Shakespeare oder Bachmann zu tun, er ist die metaphorische Quintessenz einer Seherfahrung des »Homers der Farne«, die einen Verwandlungsprozeß ins absolut ufer-, zeit- und sprachlose Granitmeer auslöst, eine Aufgabe der eigenen Identität (Name und Gestalt). Ähnlich den alchimistisch-schamanischen Beschwörungsriten der frühen Gedichte führt dieses verwandlungsträchtige schweigende Eintauchen zurück zum dichterischen Wort, zum Vers, schließlich zum Hochgesang der Kristalle. Dieses Gedicht ist die vollkommene Realisierung dessen, was ich die »poetische Physik« genannt habe: die Grenze von Geist und Materie ist konsequent aufgehoben, das Lieblingswort erscheint als »ALLeins«. Die ewige Fragerei des »erdigen Menschen« (das unaufhörliche Warum und Wozu?) löst sich auf durch den Übergang in die Zeitdimension der Kristallbildung. Die menschenüblichen Anschauungs- und Sprachgewohnheiten (Zunge-

Herz) werden zum Schweigen aufgefordert, um Auge und Ohr zu öffnen für die Sprache der räumlichen und zeitlichen Tiefe.

Diese Blickerweiterung hat Tradition, sie erinnert an Goethes mineralogische Bemühungen, in denen es schließlich auch um die Entzifferung der Granitschrift ging, weiters an die romantische Bergwerksmagie (Novalis) bis hin zu »der Seelen wunderliches Bergwerk« Rilkes in »Orpheus, Eurydike, Hermes«.

Arbeit an der Sprache und Vokabelargwohn

Um solchem Anspruch gerecht zu werden, bedarf es einer Arbeit an, mit und aus der Sprache, in die sich keine billigen Analogien und Metaphern einschleichen dürfen. Uwe Dicks vielzitiertes Bonmot »Woran arbeiten Sie, Herr Dick? An mir.« darf hier herangezogen werden. Hatte er früher mit Virtuosität und Impetus die fernsten Mythen und die Verse seiner Lebens- und Dichtungslehrer seinen Gedichten einverleibt, so gelingt ihm mit »Im Böhmischen Meer« eine Sprachwerdung von höchster Konzision »mit Wörtern, die von weit herkommen, abgewittertes Urgestein, plutonischen Ursprungs« (Salzigkeit, S. 43). Der Leser und mehr noch der Hörer – Dicks Dichten ist oral-sinnlich in mehrfacher Hinsicht (Rhythmus, Sprachmelodie und Klangbild) – steht vor einer Flut von ungewohnten oder gar unbekannten Wörtern, und doch wirken sie nicht wie gelehrte Versatzstücke, sondern jedes ist an seinem »maßgerechten« Platz. Das gilt vielleicht noch intensiver für »Winterreise« (1996) oder »Feldstörung« (1995). Man überlasse sich einer Sequenz wie »Gewanken. Dolm. Gäriger / Wirbel. Die Augenflut nachtblauer Biotite. / Laum. Gebeinfeld. Nebelschiff. Wipfelgewog und / schwarzer Taumel auf die Kimm. »... s'ist fahr!« / Gemurm und Glumm der kolkenden Mäander, / kaltsinnig im Beklemm der Felsenkehle. Echofuge / Schlangenschläfe ...« usw. Das gemahnt an die hinreißendsten Stellen bei

Oswald von Wolkenstein oder Gottfried Benn. Hier werden Worte in der Tat »faszinierend montiert«, aber Dick findet darin nicht sein Genügen, diese Grenzüberschreitungen sind zugleich Versuche, »das Blut der Gesteine« zur Sprache zu bringen.

Rar sind in Uwe Dicks Gedichten die ungestörten Momente des Du auf Du mit der Urmaterie oder der Natur. Immer wieder zerreißt die menschliche Widerwart, nicht zuletzt ihre Sprach-Gerinnsel, ihr »Gewört« (217), die Harmonie. Den 3 x 13 hochkarätigen Strophen, die Dicks »Azoth« im »Böhmischen Meer« herausgeläutert hat, entsprechen die 27 x 13 Parlando-Strophen einer »Feldstörung« mit sprachsatirischer Absicht. Während im hohen lyrischen Stil jedes Wort bewußt bis zum Bersten mit Sinn(lichkeit) »geladen« ist, entlädt Dick im satirischen Stil den Sprachge- und -mißbrauch seiner Nebensinnlichkeiten (217). An Ahnen mangelt es ihm auch hier nicht, die gegenwärtigsten sind Bion, Horaz, Fischart, Jean Paul, Karl Kraus und der »Volxschriftsteller« Arno Schmidt. Viele der »Kalauer« Dicks sind reif für den Volksmund: Dummiform, Zasterzienser und Serviettenmönche, Akademister. Der »Gähnius des Volkes« weiß auf die Rede des Habenichts, der nichts als ein Feld Format DIN A4 besitzt, nur mit einem ratlos bis hämischen »Hä?« zu reagieren. »Pfuilleton, Literaturhysteriker, Gevolkschuft« sind bereits klassisch. Doch Dicks Sprach- und Sprecherkritik begnügt sich nicht mit enthüllenden Wortspielen, sie dekonstruiert das Ungenaue, trickst »die Tyrannei der Konvention« aus im Namen von Eisenhut, Ortolan und hirundo urbica.

Satirisch-lyrische De(kon)struktion in konzentriertester Form bieten die 6 Terzinen von »Saubernreuth – am 19.4.1995«. Dick nennt die Dinge, Personen und Orte beim Namen. Als Nomade und »Niemand« ist er immer wieder von seinen oft mythischpoetisch erhöhten Wohnsitzen (»Dach der Welt«, »Salamanderberg«) vertrieben worden. Vom Salamanderberg der »Raubkatholiken« ist er in den bayrischen Wald, nach Gigack, Eisenbirn, Saubernreuth geraten. Im Namen Sau-bern-reuth liest sich »sauber« so gut wie »Saubär«. Es geht um die Ent-Tarnung eines von christlichen Ritualen geprägten Reinheitsideals, das nur von den Frauen vertreten wird. Der Mann, das Ebenbild des dreifaltigen Gottes, wird im Symbol des Auges sehr bäuerlich-bayrisch gesehen. Den erbärmlich gesungenen Marienliedern entspricht das allbekannte Volkslied »Im Märzen der Bauer die Rößlein einspannt«. Uwe Dicks Nachbar fährt nicht aus, um zu säen, sondern »reitet« auf dem Traktor, um die Natur in Gestalt des Thann zu verunreinigen. Anstelle der Frühlingsboten (Schwalben und Pirol) des Beginns tritt der Fluch der Kreatur (Häher). Das »O mai, o mai« ist bayrisch als »O mein (Gott)« zu lesen, als Ausdruck der die Schöpfung mißbrauchenden Ebenbilder. Die anscheinend simple Antithese von Sauber und Saubär erweist sich als Demonstration einer strukturellen Heuchelei, die Uwe Dick nicht abstrakt, sondern aufgrund genauester Beobachtung des (christkatholischen) Nächsten entlarvt.

In den späten Gedichten »Zwieselböhmisch« (1997), »Triptychon für A.C. und A.Z.« (1998) und »Das nächste Beste« (1999) schreibt bzw. spricht Uwe Dick noch radikaler gegen die Grenzen an, die die Sprachkonventionen ziehen. Ein Mittel dafür besteht im »Ausflug in eine ältere oder fremdere Sprachschicht« bzw. in eine Sprach(er)findung zweideutiger Natur. Der Künstler ist ein Kerkop, ein Trickser, ein unsicherer Geselle, ein Zwitter, und seine Sprache verweigert sich bewußt der Eindeutigkeit/Einfältigkeit. Das »Zwieselböhmische«, in dem sich Bayrisch und Böhmisch mengen, ist im wahrsten Sinn des Wortes Grenzsprache, die in zwei Richtungen ins »Granitverstan« (UD im Gespräch) geht. Neben bewußt eingesetzten Slawismen (die Reminiszenz an ein tschechisches Volkslied in »Hastrmann, Tatrmann« [Fabelfigur], »Wawrenze« [Ameise]) ist dieser »innere Dialog« des »Hintersässel, Schnellzer, Enz«, sprich des zugezogenen Kauzes und Naseweis ohne Bürgerrecht, bestimmt von einem sprachschöpferischen Humor, der sich vom Duden (Deutsches Universal Wörterbuch) weitgehend emanzipiert hat und jeder Aufforderung zum »Happendienst« mit einem »Kikeri-niiie!« antwortet. Es gibt eine Art rhythmischer Freisetzung der Klang- und Sinn(es)phantasie, die an die surrealistische écriture automatique gemahnt, aber perfekt – handwerklich – kontrolliert und konstruiert ist. Der »Sinn« fließt aus dem Klang, aus einer Praxis der Verschwendung, die möglicherweise mehr gibt, als sie hat. »Anarchischer Überschuß«, dessen Zauberspruchcharakter – man höre dies »Siebensatz, schon im Farn. Neunerprob? Nein-/Silbig grob, Zwölfenarrn Scharrwort zur Kraht« – eine unwiderstehliche Faszination ausübt.

Ein anderer Grenzfall ist Uwe Dicks Kontrafaktur zu Hölderlins Spätgedicht aus der Homburger Zeit »Das nächste Beste«, in der »Sauwaldprosa« (417–420) eingeleitet mit »Denn selbst ein Irrlauf ins Nirgendgrab versagt dir nicht DAS NÄCHSTE BESTE«.

Hölderlin zählt nicht zu Dicks »verehrten Meistern«, er hat ihm sogar die berühmte Aussage »Wo aber Gefahr ist, wächst das Rettende auch« aus »Patmos« als verantwortungsloses Geschwätz schwer angekreidet. Er teilt auf keinen Fall die Hölderlin-Heideggerei (Gebirg des Seyns) oder das pathetische vaterländische Deutungsgeraune (z. B. im Kommentar der Stuttgarter Ausgabe), sondern nimmt diesen Text als das, was er ist, Produkt eines wahnsinnigen Genies, als »geistige Höhlenbrüterei«, als Aufkündigung aller Zusammenhänge, als einen »GAU im Gehirn des

Dichters«. Gleichzeitig ist ihm die Verwandtschaft dieses katatonisch-epileptischen Stammelns im Wahn mit dem »Zungen-Sprechen« des Schamanen wohl bewußt, dem er sich seit »Tag und Tod« und »Theriak« tief verwandt fühlt. Keinerlei »Bayreuthwilligkeit« dagegen zeigt der Dichter gegenüber der Stabreimerei des Typs »Was Wunder von Wurg und Waberloh«. Die »Kontrafaktur« ist in der Tat *gegen* das Gedicht Hölderlins und seine Deutungen geschrieben. Entgegen der vaterländischen Nordostbiegung der Hercynia silva gibt Uwe Dick dem Text eine südliche Wendung (zu »Rebzeilen«, »Weinrankenschrift« und säkularisiertem »Brot und Wein« [»Becher und Brot«]). Im Gedicht sind die Stellen aus Hölderlin *nicht* kenntlich gemacht, es bricht ab mit den letzten Versen Hölderlins, als gäbe der Autor das Thema auf, das er im doppelten Sinn des Wortes »weitergesponnen« hat.

Dieser extremen Aussetzung des Ichs, diesem »Zungenriß« antwortet ähnlich dem Schluß des »Canto für Ezra Pound« und von »Theriak« ein hoffnungsvoller Zauberspruch von sieben Worten: »Zähl nicht die Tage, / sei ihr Licht!« Das letzte Gedicht der »Gedichte aus 33 Jahren« straft alle Besorgnisse um und Warnungen vor Uwe Dicks Misanthropie und Thanatophilie Lügen. Es ist ein »Kalendergedicht« aus dem Geiste Hebels, eine Neujahrsbotschaft, vor allem aber ein Liebesgedicht:

»ein tag ohne lächeln – schwärzer
als eine nacht ohne stern«

Wer dächte hier nicht an das von Rilke geheiligte Psychopharmakon des subrisio saltat(orum) der 5. Elegie über die »Fahrenden« und »Heimatlosen«.

Unser Essay ist ungleichgewichtig ausgefallen. Nicht alle Facetten der Lyrik Uwe Dicks sind zu ihrem Recht gekommen. Neben den großen mythologischen OdysSEH-Reisen sind die konkreteren »Reisenoten«, zu denen auch die Venedig-Visionen im Namen des Doppelgottes Janus gehören, ganz besonders aber die »Ansichtskarten aus Wales« zu kurz gekommen. Es lohnte sich, am Beispiel dieser »Ansichtskarten«, Dicks »Innungsstolz« zu legitimieren. Nicht nur hat er demonstrativ das Gedicht »Der Brecher« in programmatische Großgedichte (»Canto für Ezra Pound« und »Planetarisches Salz«) einmontiert, ohne es als Selbstzitat kenntlich zu machen, und ihm damit einen zentralen Stellenwert in seiner Poetologie ohne Ich zuerkannt. Aber auch »Anflug« oder »Der Überläufer« zeigen, daß diese »Ansichtskarten« alles eher als Nebenprodukte einer realen Reiseerfahrung sind. Wenn Uwe Dick das erfolgreiche »Irische Tagebuch« Heinrich Bölls einer grausamen Sprach- und Bildkritik unterzieht (SWP, S. 509–513), so darf er das aufgrund seines »Walisischen Tagebuchs«, zu dessen Glanzstücken neben den schon erwähnten Gedichten die »Tretower Ballad« gehört, ein Beweis für die »unheimliche« Lebendigkeit dieser anscheinend historisch gewordenen Gattung. Sie ist ein Beweis für die Souveränität, mit der sich Dick allen Modediktaten entzieht. »Altgier? Neugier? Tradition – Moderne? Leere Generalien vor einer Akelei und dem Mond in luftigen Schärpen.« Oder: »Modern? Zum Modern hab ich später Zeit.« (SWP 323) »Zwieselböhmisch?« Mit allen Wassern gewaschen? Mutatis mutandis ist Kafkas hellsichtiges Urteil über Karl Kraus auch auf Uwe Dick übertragbar: »Nur ein gerissener Wilddieb kann so ein strenger Waldhüter sein.«

Bibliographische Notiz

Die »Gedichte 1969–2002« sind keine Gesamtausgabe der Lyrik von Uwe Dick, sondern eine von ihm selbst getroffene Auswahl von 82 Gedichten, die sich auf sieben Zyklen verteilen. Fünf dieser Zyklen, »Das niemals vertagte Leben« (1991), »Tag und Tod« (1970), »Theriak« (1986), »Janusaugen« (1974) und »Ansichtskarten aus Wales« (1978) sind in der hier vorliegenden Form bereits als Einzelausgaben oder in Auswahlbänden erschienen. »Reisenoten« und »Im Böhmischen Meer« sind eigens für diese Ausgabe zusammengestellt worden. Die Anordnung der sieben Zyklen gehorcht folgendem chronologischen Gesetz: ausschlaggebend ist die »jeweils älteste Schicht«, also »Landschaft« (1969) in »Das niemals vertagte Leben« (1969–1987), »Tag und Tod« (alle Gedichte 1970), »Theriak« (1971–1972), »Janusaugen« (1972–1973), »Arioso« (1974) in »Reisenoten« (1974–2001), »Ansichtskarten aus Wales« (1975 geschrieben, 1978 veröffentlicht), schließlich »Im Böhmischen Meer« (1995, die übrigen Gedichte 1995–2001). Man kann drei Perioden unterscheiden: 55 Gedichte stammen aus der Zeit von 1969 bis 1975, nur 13 entfallen auf die Jahre 1977–1993, 14 auf die letzte Periode (1995 bis 2001).

Ausgeschlossen aus der Auswahl ist die frühe lyrische Produktion, insbesondere die erfolgreichen »Viechereien. Rezi-Tiergedichte« von 1967, in denen Uwe Dick sich höchst virtuos auf dem Terrain von Morgenstern, Ringelnatz und Eugen Roth bewegte und von denen Restbestände im »Cantus firmus« aufbewahrt sind, als Erinnerung an das, was der Lyriker Uwe Dick aus Bequemlichkeit hätte bleiben oder werden können. Im Auswahlband »Das Echo des Fundamentschritts« (1981) hatte er noch die Gedichte »Meine letzten Tage trugen Zylinder« (1968), »Das

Weib – Das Meer – Der Dichter« und »Sonate« einer Aufnahme für würdig befunden.

Uwe Dick hat es mit seinen Verlegern schwer gehabt bzw. sie mit ihm, was die komplexe Publikationsgeschichte (nicht nur der Gedichte) erklärt.

1. »Das niemals vertagte Leben« erschien als Zyklus 1991 im Verlag Knesebeck und Schuler in München. Sieben der Gedichte waren bereits einzeln im »Echo des Fundamentschritts« 1981 enthalten gewesen. »Ein Canto für Ezra Pound« erschien zuerst in der Zeitschrift »Litfass« (Piper-Verlag) Nr. 38, 1985, dann 1997 auszugsweise in »Der Tod der Königin. Die venezianischen Gedichte« bei ASKU-PRESSE in Bad Nauheim zusammen mit einer vom Dichter besprochenen CD mit musikalischer Umrahmung. Es ist hier festzuhalten, daß die Audio-Aufnahmen der Werke Dicks ein wesentlicher Bestandteil seines Werks sind, in dem der Oralität ganz allgemein ein Übergewicht über die bloße Verschriftlichung zufällt.
2. »Tag und Tod«, ursprünglicher Titel »Der blinde Seher«. Erste Ausgabe ohne Ort (Rosenheim), Verlag und Jahr (1971). Wieder abgedruckt im »Echo des Fundamentschritts« (mit »Anmerkungen«) und »Theriak« (ohne Anmerkungen).
3. »Theriak. 13 Fügungen«. Erste Ausgabe in »Theriak« (1986) in der Serie Piper, München. Drei Gedichte daraus (»Rückkehr«, »Zweifalter über seinem Grab« und »Es trennen uns Welten, Herr Nachbar«) bereits im »Echo des Fundamentschritts«.
4. »Janusaugen. Sechs Tagebuchgedichte«. Zuerst als bibliophile Ausgabe 1973 in Rosenheim, dann 1981 im »Echo des Funda-

mentschritts«, 1986 in »Theriak«, schließlich 1997 in »Der Tod der Königin« bei ASKU-PRESSE Bad Nauheim mit Sprech-CD.

5. »Reisenoten«. In vorliegender Form für diese Ausgabe zusammengestellt. »Nachtstück« (1977) zuerst in »Der Tod der Königin« (1997), »Planetarisches Salz« zuerst in »Salz macht Geschichte. Katalog«, Augsburg, Haus der Bayerischen Geschichte, 1995, dann in »Die Salzigkeit der Wogen und der Sterne« bei ASKU-PRESSE 1997 mit Sprech-CD.
6. »Ansichtskarten aus Wales. Erfahrungstexte«. Erste Ausgabe 1978 im Ehrenwirt-Verlag München, dann 1981 im »Echo des Fundamentschritts«. Existiert auch als Sprech-CD.
7. »Im Böhmischen Meer«. In dieser Form für die vorliegende Ausgabe zusammengestellt. »Feldstörung« und »Im Böhmischen Meer« zuvor in »Die Salzigkeit der Wogen und der Sterne« mit Sprech-CD.

Damit ist die Publikationsgeschichte der Gedichte keineswegs erschöpft. Bestimmte Gedichte erscheinen auch in anderen Kontexten als in Gedichtzyklen oder -anthologien. Dicks »Sauwaldprosa«, sein »work in progress« seit 1976, enthält eine Reihe von Gedichten und Zitaten, deren Kontext in vieler Hinsicht ihr bestdenkbarer Kommentar ist. So erscheint der programmatische Vers »Noch lebe ich, noch hab ich Bilder« (Theriak VI, 1972) als Vorspann zur »Herzynischen Sekunde« (68/70), das »Gedicht, das abhebt mit einem Reiher« (111–114) als Beitrag zum Buchstaben G der »2 x 13 Taschenbuchstaben zur Weltformel«, der »Kleegeigenlandler« zum K (173), »Medved, einem Freunde« zum M (177–178), Pounds USURA-Canto (XLV) + Übersetzung ins Tirolische des Oswald von Wolkenstein durch Pounds Enkel Siegfried de Rachewiltz, das »Triptychon für A.C. und A.Z.«

(1998) (297, 301/302, 311/312), unterbrochen von der Polemik gegen Martin Walsers Paulskirchen-Rede und von Reflexionen über die Widmungsträger, den Tiroler Maler Anton Christian und den italienischen Lyriker Andrea Zanzotto; der Schluß von »Tag und Tod« (350), »Anflug« (aus »Ansichtskarten aus Wales«, 354–355), »Zwieselböhmisch?« (356–358), »Winterreise« (410 bis 411), »Das nächste Beste« (417–420). Überhaupt ist die »Sauwaldprosa« der Boden, aus dem viele Gedichte hervorgewachsen sind. Ohne zu übertreiben, kann man mit Dick selbst behaupten, daß das Gedicht den »Quantensprung von der Quantität in die Qualität, vom Beliebigen ins Unverwechselbare« darstellt. Und als unmittelbarer Vorspann zum »Triptychon«: »Der Ort der Dichtung war und ist das unebene und unwegsame Gelände.« Mit den Gedichten verläßt der Autor gleichsam die diskursive, rhetorisch-rationale Schiene, um in eine sinnlich-rhythmische Bildflut einzutauchen.

Eine vergleichbare Funktion nehmen die Gedichte im »Cantus firmus für Solisten und Pferdefuß« (1988) ein. Dick mixt dort die »Ballade von der Bade-Szene am Jurameer« (109–113), ein Paradebeispiel seiner Vortragskunst, mit der »Herzynischen Sekunde« (vgl. SWP oben), »Anflug«, »Brecher« (Wales), »Variationen eines Themas von Ossip Mandelstam«, »Canis litteratus«, Auszug aus »Stationen« (137), »Medved, einem Freunde« (137) und »Überläufer ins Lager der Kreatur«.

Zum Schluß produziert Dick eine Art Mix aus den eigenen Gedichten, deren »Grenzen« fallen. Diese Grenzüberschreitungen zwischen Eigenem und Fremdem (Pound), Prosa und Poesie sind Zeugnisse für die immer wieder eingeforderte Fähigkeit zur Verwandlung und der Identität von Leben und Schreiben.

Neben diesen Konstellationen der Gedichte, die eine Art interner Deutung heraufrufen, gibt es ausdrückliche Selbstkommentare. Ihr Musterbeispiel ist die Poetik »Im Namen des Baumes und seines eingeborenen Sohnes des Buntspechts«, in dem Passagen aus »Theriak« auf Anfrage von Schulkindern aus der Pariser Banlieue detailliert erläutert und Proben aus den »Viechereien«, das »Herbstlied« und das »Gedicht, das abhebt mit einem Reiher« als ergänzende Materialien herangezogen werden.

Weitere Selbstkommentare nehmen sehr unterschiedliche Formen an: in »Tag und Tod« handelt es sich um Sacherläuterungen, auf die Uwe Dick später bewußt verzichtet hat. In »Planetarisches Salz« belegt ein »Index« die Herkunft der zahlreichen Zitate. Im »Echo des Fundamentschritts« unternimmt er im Nachwort unter dem Titel »Szenenwechsel: Erfahrungen mit Erfahrungstexten« eine Selbstinterpretation der »Ansichtskarten aus Wales«. Der bedeutsamste Selbstkommentar, die »Postmaterialien« zu »Theriak«, sind Dicks Vorspiel zu Eva Hesses Meisteressay »Niemands Zeitgenosse? Zur Gegenwart von Uwe Dick«. In den Gedichtbänden der ASKU-PRESSE finden sich zum Beschluß sogenannte »Editoriale«, deren Stil keinen Zweifel am Verfasser aufkommen läßt. Auf knappe Weise werden dort die Canto-Technik (»Der Tod der Königin«), vor allem aber sein »Spätstil« (»Die Salzigkeit der Wogen und der Sterne«) plastisch erläutert. Ohne jeden Zweifel ist Uwe Dick der beste Kommentator seines Werkes, vorausgesetzt, daß er das für zielführend hält.

Materialien

zu: Planetarisches Salz (d: deutsch)

1. Str.	3. Z.	Bella Achmadulina: Die Steinkette; d: Uwe Dick
2. Str.	1. Z.	Samuel Beckett: Ich bin der Sandstreifen; d: Elmar Tophoven
2. Str.	4. Z.	Giuseppe Ungaretti: Wolfshungerstunde; d: Michael M. v. Bieberstein
3. Str.	4. Z.	Uwe Dick: Abendküste
4. Str.	1. Z.	Cesare Pavese: Landschaft VIII; d: Urs Oberlin
7. Str.	4. Z.	Yves Bonnefoy: Im Trug der Schwelle; d: Friedhelm Kemp
8. Str.	3. Z.	Uwe Dick: Tag und Tod
9. Str.	1. Z.	Kahlil Gibran: Fanggedächtnis
11. Str.	2. Z.	Marina Zwetajewa: Strophen an den Sohn; d: Rainer Kirsch
12. Str.	3. Z.	Uwe Dick: Landschaft
14. Str.	3. Z.	G.W.F. Hegel: Philosophische Propädeutik, § 159
15. Str.	3. Z.	G.W.F. Hegel: Grundlinien der Philosophie des Rechts, § 324
16. Str.	1. Z.	siehe 7. Str. 4. Z.
16. Str.	4. Z.	André Gide: Aufzeichnungen über Chopin; d: Walter Kolneder
17. Str.	1. Z.	siehe 16. Str. 4. Z.
17. Str.	2. Z.	René Char: Reich an Tränen; d: Lothar Klünner
17. Str.	4. Z.	Ossip Mandelstam: Nachts da draussen; d: Ralph Dutli
18. Str.	2. Z.	Ossip Mandelstam: Weil ich deine Hände; d: Ralph Dutli
18. Str.	3. Z.	Ossip Mandelstam: Der 1. Januar 1924; d: Ralph Dutli

19. Str. 1. Z. Uku Masing: Gesang der vor Gespenstern zurückweichenden Krieger; Fanggedächtnis
19. Str. 3. Z. Ezra Pound: Canto XVII; d: Eva Hesse
20. Str. 2. Z. Ossip Mandelstam: Dem ist der Winter Arak; d: Ralph Dutli
20. Str. 3. Z. Ovid: Tristien, 1,3; d: Karl Büchner
20. Str. 4. Z. Ossip Mandelstam: Der Hufeisenfinder; d: Ralph Dutli
21. Str. 3. Z. Ezra Pound: Canto XX; d: Eva Hesse
22. Str. 1. Z. Jorge Guillén: Die Reise; d: Hildegard Baumgardt
22. Str. 3. Z. Georgij Adamowitsch: Dort, irgendwo; d: Kay Borowsky
24. Str. 4. Z. siehe 22. Str. 3. Z.
28. Str. 1. Z. Karl Kraus: Fahrt ins Fextal
29. Str. 1. Z. Arsenij Tarkowski: Leben, Leben; d: Ralph Dutli
34. Str. 4. Z. Ossip Mandelstam: Gespräch über Dante, XI; d: Ralph Dutli
35. Str. 2. Z. Robinson Jeffers: Anfang und Ende I; d: Eva Hesse
36. Str. 2. Z. Uwe Dick: Variation eines Themas von Ossip Mandelstam
36. Str. 4. Z. Marina Zwetajewa: Bäume; d: Richard Pietraß
37. Str. 4. Z. Pablo Neruda: Hundert Liebessonette, LXIII; d: Erich Arendt
38. Str. 1. Z. siehe 22. Str. 3. Z.
39. Str. 1. Z. Uwe Dick: Der Brecher

Ferner Zuspielungen und Variationen aus Sätzen von Alberto Giacometti, G. Ch. Lichtenberg und Jean Paul.

Inhalt

Das niemals vertagte Leben
13 Widmungen

Tag und Tod (1970)

Theriak

13 Fügungen (1971/1972)

Janusaugen
Sechs Tagebuchgedichte (1972/1973)

Reisenoten

Ansichtskarten aus Wales
Erfahrungstexte (1975)

Im Böhmischen Meer

Das Programm für die CD Seite

Uwe Dick, geboren 1942 in Schongau am Lech, lebt als Satz- und Gartenbauer im Dreiländereck am Böhmerwald oder auf Reisen, um als Hörspieler und Schausprecher seiner »diabolischen Logorhythmen« (*Sauwaldprosa – Der ÖD – Cantus Firmus* u.v.a.) die »Optimierung des Denkens durch Witz« voranzubringen. Und zwar immer so, daß ihn »die meisten gut, jedoch nicht gern verstehen«. Die Musik und Denkweite seiner Gedichte, seit 30 Jahren evident, offenbaren sich jenseits von »Billigtristik und Alyrik duckdeutscher Erwartungshorizonte«. In produktiver und lachender Distanz zur Wahrnehmungsblindheit der elenden Skribenten, die sich vor nicht weniger elenden Rezipienten als *Literatur*kritiker gerieren können, obwohl, nein, weil sie jede Kritik der *Sprache* schuldig bleiben.

Gerald Stieg, geboren 1941 in Salzburg, Professor für deutsche und österreichische Literatur an der Sorbonne Nouvelle, lebt und lehrt seit 1969 in Paris. Seine zahlreichen Publikationen sind um zwei Pole gruppiert: die satirische Tradition in der österreichischen Literatur (Hanswurst, Nestroy, Karl Kraus, Robert Musil, Elias Canetti, Thomas Bernhard) *und* die Lyrik des 20. Jahrhunderts (Rilke, Trakl, Benn, Celan). Seine wichtigste Publikation: die kommentierte französische Gesamtausgabe der Lyrik Rilkes in der Bibliothèque de la Pléiade (1997).